Nós que nos amávamos tanto

Laís Araruna de Aquino

cacha
lote

Nós que nos amávamos tanto

Laís Araruna de Aquino

para o filho que não tive

The true life is absent. But we are in the world.
Emannuel Lévinas

A AMIGA AMERICANA

Era meio-dia, eu estava sentada no banheiro, o celular nas mãos, os pés sobre o lixeiro, as mãos sobre os joelhos. Segurava firmemente o iPhone. Havia tomado uma primeira resolução. Era um começo. Somente me levantaria se respondesse ao e-mail de Sally. Ela me dizia "Please let me know what day and time would work for you to meet with me next week"[1].

À primeira resolução, responder ao e-mail, deveria seguir uma decisão mais importante e em aberto. Tinha que decidir se continuaria a encontrá-la e mencionar o dia e a hora do nosso reencontro. Sobre essa questão, minha vida parecia gravitar nas últimas semanas, desde que havia voltado do Brasil.

Eu já havia ganhado um tempo considerável para pensar a respeito. Em primeiro lugar, não havia mandado um e-mail avisando que tinha retornado no dia 2 de janeiro. Deixei transcorrerem duas semanas – durante as quais hesitei se deveria dispensar os encontros com alguma desculpa não elegante, como "resolvi passar minha licença nas praias do litoral sul pernambucano". Mas minha moralidade cristã me impedia de mentir de um modo desonesto.

Eu me havia decidido, pelo menos, de início, a não inventar uma desculpa para não ver Sally definitivamente. Eu procrastinava e afundava em um inferno moral. Tinha dito

---

1 *Por favor, diga-me que dia e hora funcionariam para você se encontrar comigo na próxima semana.*

que retornaria no dia 2 e havia adiado, por duas semanas, um e-mail de retorno; e, quando o enviei, escrevera dando um alô, um feliz ano novo, estou de volta, vamos nos encontrar? mas não posso vê-la nesta semana, coisas domésticas e do trabalho, posso vê-la na outra sexta, dia 24 de janeiro, às três da tarde, está bom pra você? Com isso, eu havia poupado três encontros e dias de ansiedade.

Em retorno, ela me enviou um e-mail com felicitações de ano novo, com um "looking forward to see you again"[2] e um "sexta não posso", mas nos demais dias, sim. Depois, como não havia respondido, recebi o e-mail objeto destas minhas meditações, perguntando o dia em que nos reuniríamos novamente.

Eu ainda não havia fechado a questão de mentir ou não, de dar uma desculpa que colocasse um fim aos encontros, embora fosse contra a minha sensibilidade. Passo, sem muito esforço, de moralidade para sensibilidade, um degrau menos elevado na escada de comprometimento. Então, mentir havia passado de violação moral à violação da minha própria sensibilidade. Não que eu não me preocupasse com Sally, com o que ela sentiria e como reagiria ao rompimento abrupto das nossas relações. Mas, tentando desvestir a questão de sua aparência moral, talvez inutilmente, eu tornava mais aceitáveis os seus efeitos sobre os outros e me concentrava na minha própria sen-si-bi-li-da-de.

Até o início juventude, uma das coisas que mais me causava ansiedade e angústia era ter que lidar com a vida prática, com os seus relacionamentos casuais e instantâneos, e os arranjos

---

2 *desejando vê-la novamente.*

de uma vida social bem-sucedida. Eu me martirizava ao precisar ligar para a farmácia, o banco ou outro estabelecimento. E quase morria antes de ligar para amigos, fosse para mandar um feliz aniversário ou chamá-los para sair. Tudo isso me parecia um intricado de fios não facilmente desembaraçáveis, onde eu não encontrava o começo nem o fim. Nessa época, as relações anônimas e a hipercomunicação pelos aplicativos de celular não estavam ainda disseminadas; e não havia sofrimento maior que superar as barreiras físicas e midiáticas para estabelecer contato na vida mundana.

Não era senão ódio o que me assaltava quando minha mãe me dizia para resolver uma questão doméstica: "resolva". Eu achava que ela me colocava de propósito na situação, como uma espécie de remédio contrafóbico. Então, eu me sentava ao lado do telefone, ensaiava dez vezes o que teria que dizer e rezava para não receber um não como resposta. Havia um medo irracional de a conversa sair do meu roteiro e desandar para uma situação em que eu me veria afundada sob um grande "não", sufocando até morrer.

Aos dezesseis, tive que ir, com meu pai, pagar o boleto bancário da minha prova de vestibular. Era um pouco antes das quatro da tarde, quando todos os bancos fecham ao público, e estávamos de carro na pista local da Avenida Agamenon Magalhães. Meu pai entrou no estacionamento de uma agência do Banco do Brasil. Não havia vaga disponível e ele me disse apenas para ir lá dentro e pagar, que ele esperaria com o carro ligado ali mesmo. Mas não houve jeito de eu descer do veículo sozinha e entrar naquele lugar desconhecido, onde as pessoas formavam filas que desaguavam não sei onde e falavam com funcionários da cadeia de atendimento ao público. Meu pai se enraiveceu porque não conseguia entender o meu problema em pagar um mero boleto. Mas empurrar a porta de entrada e me ver dentro de um ambiente em que não saberia me posicionar à primeira vista e ter de pedir explicações a respeito a não sei quem era como submergir em um pesadelo da burocracia moderna.

Talvez essa não seja a comparação adequada para um encontro com Sally. Mas, de certa forma, havia alguma semelhança, porque me via jogada em um ambiente não espontâneo, fosse o museu que visitávamos ou o jardim de esculturas da Papua Nova Guiné no campus, onde não me sentia à vontade para ficar calada e sempre estava forçando minha mente a vaguear à procura de assuntos em comum. A isso chamavam "easy talk", mas eu vulgarmente chamo conversa de elevador, mas um elevador que dura a eternidade de uma hora e longos minutos para alcançar o seu destino.

É sempre um caminho árduo tornar alguém desconhecido em um amigo que pode suportar conosco o silêncio, sem necessidade de recorrer a digressões sobre o tempo, os fatos jornalísticos e o noticiário esportivo. Aprendi a colecionar algumas pílulas temáticas para uso nos momentos críticos. É sempre assim na Califórnia, este azul sem uma nuvem (ou outra geometria particular do céu)? Você ouviu a última declaração de Trump sobre o incidente no Irã (ou o país da vez)? Djokovic ganhou contra Thiem a final do Aberto da Austrália, você viu? O ponto central, que acabava comigo, era a necessidade de estar sempre falando de algo, como se eu devesse entreter Sally com essas trivialidades, com esses fatos sem nenhuma repercussão concreta em nossas vidas, em vez de simplesmente calar e observar o tempo que fazia em uma tarde qualquer. Mas, levando ao extremo essas situações, pensava: o que fazem pessoas que se encontram senão falar trivialidades como forma de passar o tempo, de despistar o tédio de uma hora livre de trabalho ou estudo, com um novo compromisso social?

No outro prato da balança, ao lado desse amontoado de ansiedade em que me enredava antes e depois de cada encontro, havia dois contrapesos. O primeiro era o fato de Sally ser uma septuagenária, viúva há alguns anos, sem filhos e com parentes em lugares dispersos da América; o segundo, quem *eu* era, como *eu* aparecia no mundo. Não queria ser alguém que só pensava em si mesma.

Quando cheguei a Stanford, estava em férias e Joaquim estudava o tempo todo. Eu estava com bastante horas à toa e me inscrevi em um programa gratuito de suporte aos companheiros dos estudantes da universidade. O "English in action" era oferecido pelos voluntários do Bechtel International Center e consistia em encontros de uma hora por semana para falar sobre temas livres e praticar a língua inglesa. Era o tipo de programa que eu nunca frequentaria em condições ordinárias de vida.

Normalmente, não desejava me vincular a nenhum compromisso além daqueles impostos pelo trabalho, pelos laços imediatíssimos de sangue e pelas imprescindíveis relações sociais. Gostava de ter as horas livres para mim, para ler e escrever e fazer o que quisesse. Se tivesse que justificar meu comportamento, pensava nos grandes homens, para quem a solidão era uma premissa. Nietzsche dizia que quem não possuía um terço do dia livre para si era um escravo. O meu trabalho me permitia executá-lo, o mais das vezes, em um turno apenas. Assim tinha dois turnos do dia livres e me ocupava em fazer nada.

Eu havia montado uma hierarquia do ócio. Em primeiro lugar, vinham o tênis e a literatura. Depois, as atividades secundárias, como corrida, pilates, as aulas de francês. Mas mesmo essas eu havia interrompido. Não desejava me comprometer. Para compensar, tentava aprender por um método próprio, de ler livros de ficção ininterruptamente e não ter que me sentar e estudar de verdade. Eu havia começado com *Le Petit Nicolas* e Camus e passado para Le Clézio, Patrick Modiano e Muriel Barbery, e já arriscara, duas vezes, *Les mots*, de Sartre, mas desistira pelas idas constantes ao dicionário que a empreitada requeria. Não pensava em me tornar fluente, mas poderia atingir o degrau de ler o que quisesse, sem muito esforço. Talvez isto bastasse.

Eu recusava a me mover, frequentar aulas, ter que conversar com pessoas desconhecidas, prestar exames desnecessários. Também não queria ser frequentada, em casa, por um professor estranho, do qual não poderia me livrar assim que sentisse o desejo. Sempre surgiria algum vínculo e eu já antecipava o tormento de ser obrigada a dispensar alguém, de pôr termo a uma relação. Eu não o faria e seguiria, contra a minha vontade, a receber o professor em minha casa com uma empatia não dissimulada, mas muito penosa.

Eu não podia simplesmente dispensar as pessoas. Elas já sofriam bastante com seus trabalhos extenuantes, o medo da solidão, a velhice ou alguma outra coisa. Não podia dispensá-las: eu, uma jovem sem nenhum problema concreto na vida, com um trabalho estável e sem problemas de dinheiro. Uma privilegiada, em uma palavra.

Após algumas semanas em Stanford, percebi que a esfera em que transitava estava restrita ao apartamento minúsculo, às idas ao supermercado, às saídas com Joaquim ao centro e aos episódicos encontros dos estudantes estrangeiros no quintal de suas residências. Minhas aulas de tênis ainda não haviam iniciado. Eu jogava com um ou outro conhecido e corria pelo campus e por trilhas numa área protegida conhecida como The Dish.

Não me sentia só, não muito. Nem me ressentia de estar a maior parte do tempo sozinha. Achava que esse sentimento pertencia à gente um tanto simplória, que não estava habituada à própria companhia e sempre necessitava ser entretida por algo ou alguém. De qualquer forma, havia sempre o recurso à literatura. Mas, nas primeiras semanas, ainda não tinha uma rotina e sentia falta da minha vida no Recife, de certa ordem no dia.

Havia ainda um sentimento de querer me expandir porque estava no ar algo novo. Eu sentia que deveria abraçá-lo e capturá-lo. Deveria sair do confinamento da casa e dos meus passeios solitários. Eu olhava as montanhas da Califórnia no horizonte, os carvalhos e as sequoias. Tentava documentar o que via. Queria apreender e aprender isto: o que estava adiante. Então, me inscrevi no programa e conheci Sally.

Sally Shapovalov se apresentou para mim em uma tarde de setembro. Ela vestia um casaco comprido de tecido leve, uma blusa branca de algodão, calça cáqui de linho, um sapato fechado de couro preto, com um salto baixo, e uma bolsa Louis Vuitton. Um lenço colorido ornamentava-lhe o pescoço. Tinha olhos claros e cabelos castanhos bem curtos, como as pessoas mais velhas costumam ter. Uma leve maquiagem cobria-lhe o rosto, para disfarçar as imperfeições. Aparentava ter setenta anos ou mais. Havia algo frágil em seu andar e todas as vezes em que subíamos alguma escada ou íamos do meio-fio para a rua, tinha medo de que se desequilibrasse e tivesse que ser ajudada por mim.

No primeiro encontro, nós nos introduzimos com as informações de costume. Falei um pouco sobre o Brasil, sobre o Recife, a costa do Nordeste, o clima e sobre os últimos presidentes, que ela ignorava por completo. Então, conversamos um pouco sobre Trump e a conversa fluiu sem embaraço.

Como boa californiana, ela o detestava.

Sally me fez saber que era de Chicago, mas viera para Califórnia, depois de ter morado em Nashville, por conta do trabalho de John, seu marido, falecido poucos anos atrás. Compreendi que trabalhara apenas por um curto período, como jornalista, por conta das mudanças constantes. A partir de então, dedicara-se ao voluntariado. Depois das breves informações pessoais, passamos ao clima, ao tempo e aos esportes. Falamos do US Open e soube que ela gostava de tênis e entendia alguma coisa de golfe.

Eu me esforçava para não deixar haver entre nós a sombra do silêncio, que causaria certo incômodo e, pelo menos em mim, mal-estar. O silêncio deixava-me como que despida, nua, porque tirava os acordos tácitos do fundo para o primeiro plano e revelava que éramos estranhas tentando fazer contato e estabelecer alguma empatia.

Em algum momento, perto do fim, Sally perguntou-me sobre meus interesses e eu mencionei a literatura e disse-lhe que estava lendo *Lolita*. Ela deu um sorriso constrangido e eu, para não deixar morrer a conversa, comentei sobre o inglês rebuscado do livro. Ela se surpreendeu e tive que dar uma explicação. Bom, os parágrafos são longos, o léxico não é o mais coloquial, não é como Salinger, por exemplo, eu disse. E ela, claro, porque Salinger escrevia livros para adolescentes. Duvidei de que Sally tivesse lido algum deles. No fim, perguntou-me o que esperava do nosso relacionamento.

Eu estranhei a pergunta, como se me tivesse escapado o sentido, e repeti em voz alta, o que espero do nosso relacionamento? Sally a reiterou: sim, o que você espera? Só a conversa usual aqui no International Center? Eu poderia levá-la para conhecer alguns lugares de Palo Alto, fazer compras, por exemplo, gosto de dirigir. Sem pensar propriamente, para evitar qualquer silêncio que um pensamento mais detido teria provocado e para evitar decepcioná-la ou frustrar as expectativas dessa senhora que eu acabara de conhecer, respondi que estava disposta a *novas experiências*. Então ela falou "very well" e nos despedimos.

Eu queria e não queria ter respondido tudo o que havia respondido. Por certo, estava aberta a algumas novas experiências e gostaria de dar um passeio, de vez em quando, pelos arredores da cidade, mas não gostaria de me comprometer, de entrar em um "relacionamento". Surpreendeu-me a franqueza dos americanos e pude notar que essa relação era, na verdade, um trade-off. Deveria render um aproveitamento mútuo. Eu fazia companhia a Sally, que, por sua vez, ajudava-me a manter o inglês em dia.

Quando voltei para casa, Joaquim me perguntou como havia sido. Falei que Sally desconhecia o Brasil por completo e havia sorrido quando disse que estava lendo *Lolita*. Tudo bem, as pessoas podem se relacionar mesmo tendo interesses muito diversos e a ignorância de uma ou outra coisa poderia me sugerir temas para nossas conversas. Se fosse pensar pragmaticamente, o encontro semanal equivalia a uma aula de conversação pela qual não pagava nada. Haveria apenas um custo emocional. Eu ficaria ansiosa a semana inteira, pensaria vinte vezes em desistir, até que chegaria a hora, pegaria minha bicicleta e iria ao Bechtel Center. Mas eu não era uma pessoa pragmática.

A segunda vez em que vi Sally nós demos um passeio pelo campus. Fomos ao Jardim de Esculturas de Papua-Nova Guiné, eu soltei algumas exclamações, falamos sobre as sequoias, depois nos dirigimos ao Lagunitas Lake e ela me perguntou se eu sabia o que era um "lake", pois não me espantara por ele estar seco. Nos despedimos e eu lhe agradeci, disse que a paisagem era muito bonita desde o lago e que não o teria descoberto, não fosse ela; ao que me replicou, claro, vocês, estudantes, só sabem os seus caminhos. E eu, que não era mais estudante, fiquei pensando em quais caminhos estamos destinados a seguir.

De outras vezes, fomos ao Jardim de Cactos de Stanford; subimos na Hoover Tower, de onde pudemos ver o campus em quase toda sua extensão; fomos ao Cantor Museum of Arts, onde vimos uma exposição temporária de fotografias de Ansel Adams e Edward Weston, que exploravam paisagens e retratos tirados no México e no sudoeste dos Estados Unidos, e mostrei a Sally o *Peras vermelhas com figo*, um diminuto Georgia O'Keeffe pelo qual me havia apaixonado e escrevera um poema a respeito. Mas o pequenino quadro requeria um certo estado de espírito e Sally disse apenas "oh".

Em princípio, havia o arranjo de nos vermos uma vez por semana. Mas, em algum momento, ela viajou para a Europa por dez dias e me trouxe, de souvenir, um bloquinho de notas de um museu em Amsterdã; e, em um outro momento, eu viajei para Monterrey. O anúncio desses períodos e a interrupção de nossa agenda semanal me deixavam aliviada, como se tivesse convalescido de alguma enfermidade. E, de quando em quando, eu fazia planos que coincidissem com a data dos encontros, mas Sally sempre sugeria horários alternativos e eu tinha pudor e não mentia dizendo que não poderia ir em razão de algum compromisso inventado.

Joaquim não compreendia o motivo do meu desassossego. Ela não tinha me levado para a exposição de Picasso na Pace Gallery, no centro de Palo Alto, de que havia gostado e comentado a respeito, e para o Foothills Park, de cujas montanhas se podia divisar a natureza vasta da Califórnia? Mas a questão não era essa. Não importava o quanto gostasse dos lugares que visitava – alguns dos quais, sem Sally, não teria, de fato, conhecido. Mas havia um esforço, um incômodo, de estar entre a gente, de ter que falar, ter que demonstrar os bons sentimentos. Como seria tranquilo e pacífico ter todas as tardes para mim, dispor das horas como bem entendesse, não ter obrigações, não as prescindíveis. Eis tudo: não ter que me obrigar a algo dispensável, a frequentar uma vida mundana com alguém que não me inspirava espontaneamente simpatia, não ter que frequentar esse teatro de boas maneiras, ainda que somente por uma hora e alguns minutos.

Ainda mais, eram difíceis os dias que antecediam aos nossos encontros, quando então me culpava por ter me colocado nessa situação, a qual eu era livre para interromper, se quisesse, mas adiava a decisão, como se o curso espontâneo da vida fosse dar fim. Eu pensava: a propósito de que e como explicar a Sally uma tal decisão? Se não conseguia dar uma explicação polida e razoável para não ir mais aos encontros, eu não conseguia me convencer de estar agindo bem. Não queria ser uma pessoa egoísta.

E Sally havia me levado para a sua *casa*, uma mansão em Los Altos Hills, em cujos arredores algumas propriedades valiam quinze milhões de dólares, como me havia dito, e contavam até com vinhas. A casa tinha cinco quartos, todos no andar de cima, sendo o térreo ocupado por três salas, uma de jantar e duas de estar, e a cozinha. Havia, ainda, uma espécie de sótão, onde ficavam um salão de jogos, um bar no estilo dos anos sessenta e uma adega sem nenhum vinho, porque todos haviam sido doados depois da morte de John. Na área externa, a propriedade contava com um jardim, várias sequoias, uma piscina, uma churrasqueira e um salão de ginástica. Dava para perceber que ninguém frequentava o lugar e eu tinha a sensação de estar em um retiro no campo. Sally me disse que iria vender a casa e morar em algum apartamento no centro de Palo Alto. Não havia vantagem em viver em uma casa tão grande sozinha, percorrer toda aquela extensão e todos aqueles corredores, dia e noite, sem uma companhia qualquer. Se acontecesse um problema sério, ela, uma senhora de mais de setenta anos, estaria só, sem a ajuda de ninguém, tendo que aguardar o 911 aparecer.

Quase lamentava ter ido à casa de Sally. Obviamente, nunca havia sugerido nada disso, nem era algo por que eu ansiava. Mas ela me tinha dito, no início dos nossos encontros, que algum dia me levaria à sua casa, quando, ficou subentendido, pudesse confiar em mim e ter comigo uma relação de amizade. Não se leva qualquer pessoa à própria casa. No princípio, tudo o que ela sabia de mim, além do que havia lhe falado, tinha vindo de um formulário de interesses que eu preenchera, para ingressar no programa de inglês do Bechtel. Depois da ida à sua casa, ficou claro que ela me tinha em conta e simpatizava comigo, o que tornou tudo um pouco mais difícil e penoso.

Quando contei a Joaquim, ele sorriu e disse "claro que ela gosta de você, senão não estaria fazendo isto". Sim, ela era uma voluntária do programa e não havia regra nenhuma a impedir que parasse de me ver quando quisesse. Quanto a mim, o que realmente me impedia?

Ao voltar do Brasil, no começo do ano, em uma sexta-feira, eu e uns amigos fomos fazer a trilha do Dish no fim da tarde. Todos sabiam quem era Sally, porque eu sempre falava dos nossos encontros e de como queria me desvincular deles e não conseguia, e todos não conseguiam compreender por que eu ainda estava nisso, por que simplesmente não mandava um e-mail e dizia que não tinha mais interesse no programa e agradecia por fim. Mas não era bem assim, falei. Havia um *vínculo*, ela havia criado expectativas de me ver após o fim do ano, certamente contava com isto e eu ainda havia dito que lhe traria um pequeno presente, um creme de mãos da Granado, que ela mesma me pedira e me relembrara mais de uma vez.

Ainda mais, ela era viúva, não tinha filhos e seus parentes viviam em diferentes estados do país. Sally vivia falando que, agora que John tinha morrido, queria seguir com sua vida, que antes dependia quase totalmente dos rumos do marido, porque ela não trabalhava e tinha se mudado para a Califórnia em razão do trabalho dele. Isso me fazia pensar se ela sofreria se interrompêssemos os encontros, se isso seria um tombo no início da sua vida independente. Um tombo *fatal*. Eu me punha em seu lugar, uma senhora solitária tendo que prosseguir com sua vida em um mundo que dava cada vez menos por sua falta. Eu pensava que a velhice era isto: acostumar-se a um lento eclipse, até que todas as luzes se apagassem e, no suspiro final, gritássemos, *luz, mais luz*, como Goethe. Mas não havia mais.

De certo modo, ela me inspirava compaixão. Sally era rica e tinha alguns amigos. Eu sabia que ela participava de uma mesa de cartas semanalmente e conhecia outras pessoas ricas que, como ela, faziam filantropia, porque eu os tinha encontrado no evento do balé de que ela era patrocinadora – e podia viajar para ter com os seus familiares. Mas a sua condição mais íntima, de uma senhora viúva, inspirava-me compaixão. Lembrava que Kundera, em *A insustentável leveza do ser*, falava sobre esse sentimento, que consistia na nossa capacidade de imaginação afetiva. Compaixão era "sentir--com", compartir o mesmo sentimento de alguém e, no uso mais corrente, a sua dor. Nós todos temos as nossas dores, mas algumas doem mais.

Não posso dizer que via em Sally a aparência do sofrimento. Ela transparecia algum luto quando dizia "John", dissimulado talvez por um pudor ante uma quase desconhecida. Mas, houvesse ou não um sofrimento atual, não era esse o ponto. Não era simplesmente Sally e seu luto pelos quais eu sentia compaixão. Havia alguma transcendência. Era uma condição, a do ser humano, seu gradual desenraizamento da vida à medida que a atravessava, as suas perdas, o seu destino. Era a sua condição, de senhora viúva, que me dava compaixão, o seu jeito de, alguma vez ou outra, referir-se a mim como sua amiga, quando me dizia de uma conversa com um terceiro em que falara de mim, a sua amiga do Brasil, e queria que eu o conhecesse.

Sim, havia compaixão em mim, mas também aborrecimento e incômodo. Seriam esses os mesmos sentimentos que me surgiam quando tinha que lidar com as diligências da vida prática, como deixar o carro na agência, para revisão, ou trocar um pneu furado? Algo que se deveria simplesmente suportar e ignorar, porque afinal era preciso agir? Claro, alguém poderia contestar que trocar um pneu era um aborrecimento incomparável com encontrar uma pessoa para uma conversa casual em inglês. Talvez.

Em um domingo à tarde, quando voltava da casa de campo para a cidade, o pneu do carro de Joaquim furou na BR 232, no início do KM 20. Paramos no acostamento, ao lado de uma venda de plantas e flores. Demoraria ainda uma hora para escurecer. Descemos do carro, Joaquim trocou o pneu com a minha ajuda e observei a tarde cair indiferente, enquanto as pessoas passavam em alta velocidade na estrada. Nós não estávamos com pressa. Ainda não tínhamos trinta anos. E eu apenas sorri para o contratempo.

Mas, no ano passado, em um domingo de outono, tive que ir com Sally a uma apresentação de Natal do Smuin Ballet, de que ela era patrocinadora. Durante a minha viagem a Monterrey, recebi um e-mail convidando-me para o balé e, como já havia faltado ao encontro daquela semana, resolvi aceitar o convite, com vergonha de recusar vê-la mais uma vez. Além disso, não tinha nada extraordinário para o domingo e Joaquim estudaria até a noite.

Chuviscava e o dia tinha uma aparência lúgubre. As árvores já haviam amarelecido e avermelhado e agora começavam a perder todas as folhas, preparando-se para o inverno. Um domingo de outono é dia propício às evasões. Ao começar a me aprontar – Sally me pegaria às treze e apresentação começaria às catorze –, maldisse mil vezes a hora em que havia aceitado o convite. Joaquim fingia não compreender, tentando me animar. Tínhamos visto a programação na internet. Na primeira parte, haveria um balé clássico de Natal; na segunda, os bailarinos dançariam músicas de Elvis Presley, Frank Sinatra, John Lennon e outros clássicos norte-americanos. Mas nada disso importava no momento. Só pensava que teria que passar uma hora matando o tempo até a apresentação começar, naquela conversa de elevador que eu detestava. Depois, todo o caminho de volta a casa, tendo que falar, falar e falar. Falar até sucumbir entre as palavras.

Quando chegamos no teatro de Mountain View, uma cidade a quinze minutos de Palo Alto, Sally fez questão de me apresentar a todos os seus conhecidos e rodamos de um a outro balcão, onde os funcionários e voluntários do balé lhe agradeciam o apoio e ela me apresentava referindo-se ao programa do Bechtel Center de Stanford. Depois, entramos na sala e nos sentamos, vimos o folheto com o roteiro da apresentação e o histórico do Smuin Ballet e os agradecimentos aos patrocinadores, em que ela era mencionada.

Então, o balé iniciou e foi maravilhoso. Durante a apresentação, disse "amazing" todas as vezes em que Sally me olhou com um olhar cheio de expectativas; e, no intervalo, disse sobre o Natal no Recife e como era o feriado mais importante do ano, o de que eu mais gostava, e como iniciava dezembro escutando músicas natalinas no Spotify, principalmente as de Sinatra, Dylan, Eric Clapton e Michael Bublé, que minha mãe adorava. Mas eu sabia que Sally não tinha especial apreço pelo Natal, porque já me dissera quando se referiu ao Dia de Ação de Graças como o feriado mais importante e "meaningful" para ela e os seus, apesar de adorar as apresentações do Smuin Ballet.

Eu realmente tinha adorado as danças do segundo ato, "The Cool Christmas", cheias de jazz e sapateado, ao ritmo de "Santa Baby", "Jingle Bells", "Baby, It's cold outside" e outros clássicos da cultura pop. Elas deram-me um sopro antecipado da festividade e fiquei feliz. O Natal era diferente do resto do ano. Havia o sentimento de que se deveria agradecer pelas coisas boas da vida, ser grato por estar vivo e por passar bem e ajudar os necessitados, fazendo caridade.

Depois da apresentação do balé, todas essas coisas juntas invadiram-me e fiquei de bom humor. Na volta, no carro de Sally, eu estava um pouco expansiva e contei sobre como organizávamos em família a nossa ceia – o peru, as fatias douradas, o queijo do reino, e o almoço do dia seguinte, com os "restos" da véspera. Acho que ela ficou feliz ao me ver feliz e minha alma contagiou e empolgou a sua com o espírito natalino. Mas, sim, ela não gostava do Natal, foi o que me dissera.

De quando em quando, cogitava se o meu aborrecimento de ir aos encontros, ter que falar e falar e a ansiedade que isto me causava eram apenas algo a ser superado, como se supera uma ida ao dentista ou ao banco, mas não se deixa de fazer uma coisa nem outra, ou, ao contrário, havia uma falta de empatia, uma justificativa para faltar com um dever que eu mesma me havia imposto e quebrar as expectativas de amizade que Sally depositava em mim. Eu transformava essa bifurcação de pensamento em uma grande questão, como se nela tivesse lugar o sentido mais geral da minha vida ou a imagem que eu gostaria de ter de mim mesma.

Eu estava com o celular nas mãos, no banheiro, e só iria sair quando respondesse ao último e-mail de Sally, sobre quando nos reuniríamos novamente, após minha volta do Brasil. Minha cabeça já doía bastante no inferno moral onde me havia colocado e, não aguentando mais, escrevi, quinta-feira é um bom dia. Nos vemos às quinze, no Bechtel Center? Mas, no fim do e-mail, como compensação ao meu "sim", falei que, em razão das tarefas que me havia proposto para o novo ano, escrever um livro de contos e os dois cursos que estava fazendo no Continuing Studies de Stanford, gostaria de vê-la de quinze em quinze dias e perguntei se havia algum problema nisso.

Antes, pela manhã, eu e Joaquim tínhamos rumado de bicicleta pela ciclofaixa da Galvez Street até o Town and Village, onde tomaríamos café. O caminho era margeado por uma alameda de eucaliptos e a grama ao redor estava completamente verde, como ainda não tinha visto desde que havia chegado em Stanford, no verão passado. O ar recendia a eucalipto e lembrava o cheiro do campo de Moreno, em Pernambuco, apesar dos milhares de quilômetros que separavam os dois lugares. Era inverno na Califórnia e estava ameno e eu não tinha sequer fechado inteiramente o zíper do meu casaco, sentindo o vento frio agradavelmente ir de encontro ao meu corpo. Cantarolava, na cabeça, Sweet Virgina, dos Stones, thank you for your wine, California, thank you for your sweet and bitter fruits, e pensava que tudo estava bem e o dia estava perfeito para uma aventura doméstica como tomar café na rua.

Foi então que, sentindo-me tão bem, falei a Joaquim, pela milésima vez, sobre o que deveria fazer a respeito da minha relação com Sally. Havia tornado isso uma grande questão. Disse-lhe que, sim, era uma grande questão, porque tinha conduzido minha vida, até então, dispensando aos poucos todos os compromissos sociais de que poderia me abster, havia deixado de me engajar em cursos e estudos que poderiam me tomar tempo demais e submeter-me a coisas não essenciais; e o essencial consistia em ter tempo para mim, um tempo para fazer o que quisesse, para ler e escrever, se tivesse vontade, e não o desperdiçar em uma vida mundana, com pessoas pelas quais eu não tinha maior afinidade, a não ser um vínculo artificioso. Disse-lhe que me via como uma pessoa egoísta e que meus pais me viam assim e provavelmente os pais dele e, talvez, as minhas amigas, que, como os demais, pensavam que eu só lhes frequentava se fosse nos lugares sugeridos por mim, quando todos as outras pessoas estavam dispostas a fazer concessões.

Ele me respondeu que, por esse ângulo, a relação com Sally era só um microcosmo de todas as relações da minha vida e se preocupava com, ao final, eu me tornar uma misantropa, como nosso antigo professor de sociologia do direito, que não gostava de viajar e preferia ficar em casa a frequentar qualquer evento social, como um mero lançamento de livro. Joaquim me disse que, sem Sally, eu não haveria conhecido vários lugares em Palo Alto e minha vida teria sido menos interessante do que fora e achava saudável eu manter os encontros com ela.

Então, eu lhe disse que, pensando desde uma perspectiva filosófica, uma vida bem vivida, como enxergava, consistia em uma travessia de uma esfera menor de convivência a esferas maiores e mais diversas, por meio de transferências de sentimentos que nutrimos por pessoas mais próximas para outras mais distantes, e que era isso que a gente fazia quando saía de casa e conhecia novas pessoas. Disse ainda que todas as pessoas, em menor ou maior grau, tinham vergonha, medo, aborrecimento e ansiedade, mas a diferença entre elas estava em como agiam em diferentes situações. Além do mais, se eu me via como uma pessoa moralmente virtuosa, eu deveria agir para me parecer com a imagem que tinha de mim mesma e não esperar que essa imagem ficasse resguardada em um lugar acessível apenas aos iniciados de alguma seita do *eu* interior, e que isso era só uma desculpa que as pessoas se davam para condescender consigo mesmas. Disse que achava que o imperativo deveria ser agir de tal forma que eu me aproximasse da imagem que tinha de mim mesma.

Depois do meu monólogo, chegamos no café e eu estava cansada de toda elucubração e disse deixa para lá, não quero mais falar a respeito. Pedi um croissant de espinafre, bebi um machiatto; Joaquim pediu pão com ovo e queijo e bebeu um espresso. Voltamos a casa. No banheiro, fazia vinte minutos, eu disse a mim mesma: vamos, acabemos logo com isto e escrevi o e-mail.

Na última quinta-feira de janeiro, às 15h, eu entrei no I-Center. Sally me esperava no sofá. Ela se levantou e nós nos abraçamos. Foi o primeiro abraço desde que nos havíamos conhecido. Eu nunca havia sequer apertado sua mão. Desta vez, porém, como havia passado muito tempo desde o último encontro, abracei-a e disse "feliz ano novo". Ela respondeu-me de igual modo e disse "it's been quite a while"[3], então notei que tinha sentido minha falta.

Saímos e caminhamos até seu carro. Ela me disse que gostaria de ir a uma galeria de arte em Menlo Park e eu falei "sim, claro". Quando entrei, ela tirou da bolsa duas notícias recortadas do jornal e me entregou. Uma era do New York Times e falava com entusiasmo sobre um roteiro de trinta e seis horas no Recife. Eu conhecia a reportagem. Eu a havia lido online, porque tinha viralizado entre os recifenses no fim do ano. A outra notícia era de um jornal local e descrevia a Christmas Tree Lane, onde ela me havia levado para ver as árvores de Natal no fim do ano. Mas, na ocasião, os moradores ainda não as haviam montado e ficamos sem nada. Agradeci a Sally a lembrança e coloquei as duas folhas de papel na mochila, de onde tirei uma caixinha da Granado que lhe entreguei com um Feliz Natal. Acho que ela ficou surpresa e um pouco emocionada.

Estacionamos em Menlo Park. Era um espaço que abrigava diversas lojas. Sally entrou em uma joalheria e falou com o atendente sobre apertar o anel que havia comprado no México e desistiu quando ele lhe disse o valor. Depois entramos em uma loja de souvenir, onde ela comprou vários pares de meias, e numa marcenaria que estava abarrotada de cadeiras para reforma, e o dono não nos deu as boas-vindas com cortesia – porque, me pareceu, não era uma loja e Sally não queria nada em específico, apenas olhar –, mas disse

---

3 *faz tempo que não nos vemos*

para ficarmos à vontade. Entramos, por fim, na galeria de arte. Havia lá apenas trabalho de artistas locais e os quadros eram muito toscos. A maioria retratava paisagens da Califórnia e animais, gatos e cavalos, em poses fofas. Sally adorou todos e ainda disse: gosto deste, tem muita textura. Eu me interessei por uma pintura que retratava Zabriskie Point, no Death Valley, e lhe perguntei se já havia ido ao deserto e ela respondeu-me que não. Acrescentei que Zabriskie Point era o nome de um filme de Antonioni e que Foucault tinha tido uma experiência mística no local e que. Mas Sally me cortou, não sei se em razão de estar perdida em outros pensamentos mais importantes, e eu não terminei de falar.

Retornamos a Stanford e agradeci muito o passeio. Quando estava me preparando para sair do carro, ela me perguntou, um tanto retoricamente, se agora eu preferia vê-la de 15 em 15 dias. Eu fiquei vermelha e dei muitas explicações, estava trabalhando muito, estava fazendo os cursos à noite e escrevendo um livro, mas ela não quis ouvir tudo e apenas disse "you know, it's all about you here"[4]. Então, abriu a sua agenda e viu que, em 15 dias, tinha um corte de cabelo e, portanto, não poderia me ver; perguntou se poderíamos nos encontrar na próxima sexta-feira e, a partir daí, de 15 em 15 dias. Não gostei da ideia, mas disse tudo bem. Agradeci e saí do carro.

Não a vi na sexta-feira seguinte. Eu e Joaquim viajamos a Paso Robles, uma cidade do sul da Califórnia, que ficava a quatro horas de Palo Alto. Quando soube que estaria fora da cidade, senti um alívio. Eu tinha um motivo real para não ver Sally e não uma desculpa qualquer. Senti até mesmo uma dose extra de alegria quando lhe enviei um e-mail, contando

---

4 *você sabe, tudo é para você aqui.*

que infelizmente não poderia vê-la, como havíamos planejado, porque eu viajaria, mas sentia muito. Para não correr o risco de reagendar o encontro para outro dia na mesma semana, acrescentei que nos veríamos no dia 21 de fevereiro, quinze dias depois da sexta-feira. Ela me respondeu dizendo "ok, have a great trip"[5].

Em Paso Robles, ficamos hospedados em um rancho, a cinco milhas do centro. Antes de chegar, paramos em Morro Bay, uma cidade costeira, para almoçar. Comemos ostra e peixe e eu tomei um riesling local e Joca, um pinot grigio. Percebi que nunca havia bebido riesling e gostei do leve dulçor.

Quando chegamos no rancho, já era fim de tarde e escurecia, os cavalos estavam fora das baias, em um cercado, e o cheiro da terra, da grama pisada e dos cavalos preenchia o ar. A lua cheia aparecia. Foi um fim de semana maravilhoso. Dirigimos para duas vinícolas locais e a estrada, com vinhas dos dois lados, serpenteava até o alto de um morrinho, onde bebemos vinho natural na Ambyth State Vineyards. À noite, não aguentávamos mais vinho e bebemos pisco sour e uísque. Voltamos, no domingo, a Palo Alto.

Eu teria uma semana sem ver Sally e, na outra, só a veria na sexta. Então, não pensei mais nisso, ou tentei não pensar, e aceitei o fato de ter me comprometido novamente a vê-la como um destino.

Na semana imediata à volta de Paso Robles, me senti sossegada, não fui acossada pelas grandes questões, que retornavam no horizonte. Estava livre de certo incômodo quase

---

5 *tenha uma ótima viagem.*

eterno, desde alguma trivialidade na falta de organização doméstica a um estranhamento na ordem do dia – provocado por um pôr do sol mais violento, um vento frio ou mesmo um corvo no telhado –, talvez porque estivesse gastando um crédito acumulado. Não me detive nas perguntas de sempre, qual o sentido maior de uma coisa e outra ou o que fazer agora, qual o rumo dar à vida ou como absolver uma fatalidade. Não transformei um incidente em uma peça de um quebra-cabeça e deixei-me estar no curso do inverno ameno da Califórnia. Fui feliz, em resumo.

Em outras ocasiões, não raro, eu me sentia um pouco como o personagem de Larry Davis em *Whatever works*, de Woody Allen. Larry fazia o papel de Boris Yelnikoff, um professor de xadrez cínico e desacreditado. Em uma cena, Boris acorda assustado no meio da noite, sem poder ver, e grita "the horror, the horror", fugindo da cama em desespero, até que Melody acende as luzes e o acalma. Eu também, em certas noites, antes de dormir, antes de tentar rezar credulamente, sentia precipitar sobre mim todo o horror do nada, como em um teatro escuro onde não se acham as lâmpadas e o medo da não realidade assalta. Eu apertava os olhos com força e balançava um pouco a cabeça, para afastar o pensamento, e virava para o outro lado na cama. Então, no meu desconforto, levantava-me, bebia água e comia alguma coisa. Depois, voltava para cama e tentava rezar o pai-nosso e a ave-maria antes de cair no sono.

Mas, nessa semana, eu estava bem e não pensava sequer no dever de estar bem aqui, na Califórnia. Os meus dias no campus não variavam muito. Terça e quinta, eu jogava tênis e, nos demais dias, eu corria. Tentava manter essa rotina, para não ficar enclausurada o dia inteiro no apartamento minúsculo. Além disso, tinha aula na quarta e na quinta, à noite.

Se eu não quisesse fazer algum exercício, rebelando-me contra a performance do corpo e da alma, eu saía para dar uma volta no Lagunitas Lake ou no Dish. Era sempre diferente o cair da tarde, o modo como os tons das cores que anunciavam a noite mudavam e mesmo o vento não soprava nunca igual. Para ver de verdade uma paisagem, é preciso andar, andar como um flâneur anda, sem qualquer outro compromisso a não ser andar e ver, dedicando-se a essa tarefa. Não se veem as coisas em velocidade, talvez apenas um vulto ou a própria ideia que temos das coisas, mas não elas mesmas. Eu dizia-me isso para me consolar da preguiça de sair para correr e fazer exercício, quando minha vontade era fraca e eu não desejava qualquer esforço, apenas me manter em um ritmo confortável.

À parte isso, quase sempre me sentia frustrada com o tênis e voltava para casa decepcionada comigo mesma, porque eu tentava, mas não conseguia melhorar meu forehand e a professora não cansava de repetir as mesmas lições, sem sucesso. Eu lhe dizia, minha cabeça já entendeu, mas eu preciso atualizar o corpo, que é a parte mais difícil. E, com este corpo, viciado em atalhos e movimentos errados, este corpo impregnado de mundo, a natureza parecia me dizer que algo sempre escaparia do controle, algo sempre seria indomesticável, de um jeito ou de outro, não importava o quanto eu me esforçasse – algo como a vida, ou o seu sentido, que escapa de todas as caixas e scripts, não importava quantos detalhes abrigássemos ou quantas descrições fizéssemos.

Meu antigo professor de sociologia do direito costumava dizer que, no nosso tempo, todos contavam com estar sempre bem, esse era o esperado e todos cobravam-no como se cobra um crédito e, à pergunta de como um vai, esperávamos o mais honesto "vou bem, obrigado". Há uma naturalização de ter que estar bem, ele dizia. Entre nós, os vivos, de boa saúde, esperam que sigamos vivos e nenhuma doença nos dilacere. Nós, os que trabalhamos e frequentamos restaurantes e livrarias. Nada pode dar errado. Ninguém gostaria de quebrar o pacto, quando então veríamos, no chão, o nosso rosto estilhaçado pela dor ou compaixão. Gostaríamos apenas de partir das filas para casa, das salas de reunião para os quartos e deixar que o sono venha, malgrado as noites de insônia. Queremos uma vida boa e serena, mas em função de que incessante movimento, de agradar aos outros e ter-lhes sempre a estima? De falar demasiado, inventar assuntos à luz do álcool e do clarão da madrugada? De transitar entre expedientes inventados contra o tédio e sempre falar e falar contra o mais profundo silêncio? Por que fugimos do tédio e da hora mais escura? Alguma compreensão da vida deveria somar esses fatores e nos fazer enfrentar, com coragem, o balanço, seja positivo ou negativo. Isso tudo apenas para falar que, de quando em vez, subia-me um desconforto.

De desconforto em desconforto, na semana em que vi Sally de novo, eu falei pouco, fiquei monossilábica. Eu estava jogando mal tênis e não conseguia me comunicar bem com Joaquim, não conseguia me desvencilhar de uma ideia fixa, e quando a ideia passou, eu sofri a ressaca e me mantive na inércia das palavras curtas, como se o encanto devesse ser quebrado por alguma sorte de mágica que não dependesse de mim.

Em algum desses dias, Joaquim me enviou um vídeo, no Instagram, de uma entrevista que Nadal, agora o número um do mundo, dera após o Australian Open, em uma coletiva de imprensa. Nela, um repórter perguntava a Rafa se o jogo que tivera deveria ser um exemplo a ser passado aos jovens de hoje, com uma mensagem de nunca desistirem e lutarem até o último ponto. Rafa respondeu que o exemplo era não quebrar a raquete, quando se estava perdendo, no terceiro set, de 5 a 1; não ficar fora de controle quando as coisas não estão indo direito; ficar positivo, ficar na quadra, aceitando que o seu oponente está jogando melhor que você, aceitando que você não é assim tão bom. Esse era o exemplo.

Nessa terça-feira, eu havia jogado mal; e, na quinta, não tive melhora. No caminho das quadras para casa, voltei cabisbaixa, parecia que o tênis era só o sintoma de uma agitação maior da minha alma. Em dezembro, minha batida de direita havia crescido e havia ficado feliz, mas agora parecia que minha alegria fora em vão. Eu já havia compreendido, porém.

Quando entrei no apartamento, Joaquim preparava o almoço e me sentei para almoçar sem tomar banho. Eu poderia ter permanecido calada como nos dias anteriores, mas fiz um esforço e comentei sobre o treino, sobre como havia perdido ridiculamente de Paul e, depois, de Eline, apesar de minha batida em tese suportar o jogo dos dois, mas eu não tinha confiança e segurava o braço. Não deixei Joaquim responder e acrescentei que toda essa tristeza, de não jogar como eu esperava jogar, era ridícula e a questão era muito simples: eu tinha que aceitar que não era tão boa assim, como Nadal havia dito. Então, quando terminei, ele disse, isso vale para tudo na vida. Sim, respondi, como se eu não soubesse.

Na sexta-feira, o encontro com Sally ocorreria às três da tarde. Após o café, tinha lido um pouco Oblomov e, por volta das onze, levantei-me da cama e fui colocar uma roupa para correr antes do almoço. Eu peguei meu celular, respondi algumas mensagens no WhatsApp e chequei minha caixa de entrada. Havia um e-mail de Sally, apenas confirmando nosso encontro às três. Olhei em direção à varanda, a persiana estava baixa e, de repente, percebi o monte de poeira acumulada entre os estratos. Mais acima, no pé direito, no encontro entre as paredes, havia uma teia de aranha. Até então, não havia notado a necessidade de passar um pano nesses lugares não tão óbvios.

Quando comecei a esfregar a cortina, a poeira não saiu facilmente. A tarefa me tirou uma hora e perdi a minha corrida, ou me deixei perder. Espirrei algumas vezes. Minha cabeça doía, como de costume ou mais, talvez por ter olhado muitas vezes para o chão e para o teto. Então, peguei o celular e ensaiei um e-mail, apesar de pensar que não o enviaria. Depois mostrei a Joaquim, que me recomendou mudar as últimas linhas. Reli uma vez e ainda outra, e cliquei no botão de enviar.

O e-mail começava com "Sally, estou com alergia" e terminava agradecendo tudo o que ela havia feito por mim. Não a veria mais. Doía-me algo, mas não queria suportar o esforço. Eu não era tão boa pessoa assim.

NÓS QUE NOS AMÁVAMOS TANTO

PRIMEIRA PARTE

As minhas mãos estavam juntas, em prece, sobre a banca. Estava sentada na cadeira de madeira, em fila. Meus pés não tocavam o chão, minhas pernas balançavam e chutavam o ar. Eu estava absorta em resolver um problema prático: como manter as mãos em prece sem que minhas unhas e as minhas cutículas destruídas aparecessem. Primeiro, entrelacei os dedos, depois os coloquei em paralelo. Juntos. Nas duas posições, meus dedos ofereciam um espetáculo decadente. Seria melhor escondê-los, fechando as mãos, como num soco. Mas então eu não estaria rezando propriamente. Entre rezar o pai-nosso e a ave-maria e esconder as pontas dos meus dedos, o tempo passou e o momento de oração acabou. O som que saía do alto-falante na sala cessou e a professora retomou a aula após o intervalo. Fiquei sem saber se alguém havia observado as minhas ruínas.

No São Luís, quando a música do Marista tocava, era o sinal de que os alunos deveriam retornar para a sala. No corredor, com o microfone na mão, o diretor exortava as crianças a deixarem o pátio. Alguns minutos depois, todos estávamos com a cabeça baixa sobre a banca, esperando o momento da oração. Nesses minutos, eu relaxava. Depois, iniciava o assalto sobre as minhas mãos e eu não sabia onde colocá-las. Se eu repetisse as palavras do pai-nosso, sem prestar atenção, ainda valeria como prece ou se eu estava em pecado? Depois de um tempo, passei a colocar os dedos sob as minhas pernas. Mas esperava, a qualquer momento, que a professora ordenasse que minhas mãos voltassem sobre a banca. Minhas mãos feias, cheias de pequenas feridas ao redor das unhas.

Havíamos deixado o apartamento da minha vó e entrado no elevador. Minha mãe estava contra a parede e descíamos do décimo terceiro andar. Ela pôs as mãos na boca e puxou, com os dentes, uma parte da unha. Repetiu a operação com dedos diversos. Eu a imitei. A princípio, foi difícil usar os dentes para partir as unhas e arrancar a pele ao redor. Depois o ato me pareceu simples. Era um modo útil de empregar as mãos, que sempre sobravam em público. Não só as mãos, o corpo todo. Com o tempo, notei que era trabalhoso me desembaraçar do hábito e os meus dedos doíam e eram uma coisa vergonhosa.

Minha mãe me dizia para não andar com as mãos nos bolsos. Era muito masculino. Ao andar, os braços deveriam acompanhar o movimento do corpo, com leveza, para cá, para lá. Eu não sabia direito como executar essa dança. A vida social surgia como um ritual estrangeiro. Era fácil dizer os cumprimentos de estilo. Agradecer, saudar. Difícil era o corpo, o ofício de moldar o corpo. Eu não deveria cruzar os braços, as mãos deveriam estar fora dos bolsos, as pernas coladas uma à outra, ao sentar. Minha voz era muito grossa, meus passos eram uma marcha militar fora de contexto. Não faça isso, não faça aquilo. O corpo era um campo de domesticação, um animalzinho selvagem que recusava a etiqueta social.

Jojô e eu entramos no Colégio São Luís na segunda série do ensino fundamental, Madá entrou na alfabetização. Até a quinta série, os alunos estudavam à tarde e, a partir da sexta, passavam para a manhã. Os alunos da alfa não se misturavam com os demais, ficavam em um prédio apartado. Mas eu, Jojô e Madá prometemos que não iríamos nos abandonar. Vínhamos de uma escola pequena e o São Luís era um mundo vasto, opressivo. Nós nos sentíamos subjugadas por todas aquelas pessoas que não conhecíamos, aquele espaço onde facilmente poderíamos nos perder.

No pátio do colégio, havia várias árvores. As maiores eram os oitizeiros, cercados por um murinho baixo pintado de azul, onde podíamos nos sentar. E havia também bancos de madeira ao redor. Eram locais de encontro e convivência. Então eu e minhas irmãs nos prometemos que o nosso refúgio contra o mundo seria o primeiro oitizeiro, que logo se percebia desde a passagem do corredor, na entrada principal do colégio, para o pátio. Como Madá ficava em outro prédio, eu e Jojô, depois de nos encontrarmos, íamos resgatá-la.

Foi assim que passamos o primeiro ano como novatas. O intervalo no recreio era sempre a parte mais perigosa do dia. Mesmo depois. Em primeiro lugar, podia ser que alguma de nós estivesse doente, ou mais de uma; em segundo lugar, os nossos poucos amigos. Na minha lembrança, sempre havia alguém faltando. Havia sempre o risco do desencontro. O que eu havia de fazer, solta e sozinha naquele lugar, nos trinta ou quarenta minutos do recreio, quando todos os demais tinham os seus grupos ou seus pares? Eu achava que estar só, com meu corpo, com minhas mãos em meus bolsos, sem ter aonde ir, era deixar-me desprotegida, exposta aos olhares desses seres ainda amorfos e por isso ferozes. As pessoas podiam ser muito cruéis. Eu não conseguia vagar, passear sem destino. Assim, depois de beber água no bebedouro e ir ao banheiro, retornava à sala e me sentava na minha banca, à espera do toque de recolher, tentando dissimular o embaraço.

Perto do fim da aula, Josiane, nossa professora da segunda série, chamava alguns alunos para irem ao seu birô pentear-lhe os cabelos. Havia os escolhidos de sempre, os que se voluntariavam de antemão, os que se escondiam ou fingiam não se importar. Eu era apenas uma novata. Me sentava sempre na fila encostada na parede e evitava olhar nos olhos da professora. Não queria ser chamada. Nunca iria à frente, pentear o cabelo de quem quer que estivesse ali, nem que fosse Jesus Cristo. Eu percebia que isso provocava uma divisão na turma entre os eleitos e os não eleitos. Odiava este momento em que alguém, com a maior autoridade, dizia quem podia se aproximar ou não desse reino artificial, onde se concedia uma espécie de graça. Eu achava que os escolhidos queriam se exibir e eram uns fracos, precisavam estar nesse grupo seleto, que gozava de um favor quase divino.

Depois refleti que pentear os cabelos de Josiane livrava os eleitos de passar mais tempo entre as tarefas de classe, livrava-os também desta condição penosa de estar entre os comuns e os esquecidos. Ao tempo que os desprezava, invejava-os um pouco. Mas pedia a Deus que eu não fosse, no final das contas, como aqueles que eu desprezava, que eu não quisesse, no fundo, fazer parte do clube.

Na terceira série, nós passamos do térreo para o primeiro andar. Fazia um ano desde que havíamos entrado no colégio. Mas havia dias em que todas as possibilidades concorriam para a solidão. Era quando meus poucos amigos de classe faltavam ou rumavam no recreio para algum lugar desconhecido e minhas irmãs não compareciam à nossa árvore favorita. Eu também não queria ficar minutos de eternidade à sombra do oitizeiro, sozinha, à espera de alguém que poderia não vir. Nós não queríamos deixar nossa solidão exposta, nossas mãos inúteis sobre o banco ou escondidas em outra parte, nossos rostos em desconcerto. Como se estar apenas consigo mesma fosse uma fragilidade insuportável, uma derrota, uma espécie de espetáculo do ridículo. Nada era mais terrível que ser apanhada na minha própria solidão.

Talvez nós, que estávamos sempre juntas em casa, guardássemos um lugar interior e mais profundo de solidão e não o queríamos soltar à luz, como a um pássaro triste, que deve tentar os caminhos para a liberdade. Ou talvez fosse só o luto de nos tornar indivíduos, de passar de um amálgama, de uma indistinção, a alguém que deveria caminhar por si próprio.

Num desses dias em que me vi só, não retornei à sala, onde só permaneciam, eu achava, os alunos mais estranhos. Em vez disso, percorri o longo corredor até a biblioteca. Abri a porta de madeira. Havia algumas pessoas. Pensei no que elas faziam ali, bem na hora do intervalo. Não me ocorreu que elas quisessem apenas ler. Então esse lugar, onde eu contava ficar só e em paz, havia subitamente se convertido em mais um palco para a minha solidão. Fui até uma estante, procurei pela letra L e tirei de lá um livro de Monteiro Lobato. Com o livro nas mãos, sentei-me numa das mesas vazias. Em vez de ler, fui passando as páginas, detendo-me nas figuras. Eu imaginava que as pessoas estivessem olhando para mim e rindo em silêncio. Haviam descoberto a minha farsa.

Quarta série. Eu estava no auditório, que ficava no segundo andar. Era uma sala em anfiteatro, com poltronas reclináveis, de couro vermelho encardido. Era aula de ciências e o professor falava com um microfone. Eu estava numa das filas do fundo. Conversava um pouco, parava, voltava a prestar atenção na aula. De repente, um colega na fileira da frente se virou para mim. Perguntou por que eu não cruzava completamente a perna, como as meninas faziam. Eu estava com o tornozelo da perna esquerda sobre o joelho direito. Não entendi direito o que ele quis dizer, dei um sorriso sem jeito e aprumei-me na cadeira. Desfiz as pernas, alinhei-as em paralelo. Depois esqueci tudo o que estava ouvindo. Afundei-me dentro de mim, onde só havia vergonha.

Outro dia, estava voltando do ginásio, depois da aula de educação física. Já era noite, o sino da largada havia tocado, era hora de ir para casa. Cruzei com uma amiga de Jojô do basquete. Gostávamo-nos. Ela interrompeu meu percurso e me perguntou por que eu andava daquele modo, com os ombros ora para frente, ora para trás, como um homem, e me imitou o jeito. Parei para pensar, surpresa. Não respondi nada. Apenas sorri e segui em direção ao carro. No caminho, refleti, achava que havia copiado o jeito de Joaquim andar. Naquela época, vivíamos grudados e era natural, para mim, que o imitasse nos gestos. Eu não sabia que havia um modo de andar reservado para cada sexo e que me desviava de uma categoria natural ou divina.

Por fim compreendi que deveria submeter meu corpo a uma vigilância contínua e impossível. Parecia que havia um modo natural de ser, de que eu não participava, de que não poderia participar. Não me sentia confortável em encenar uma pantomima, mas me esforcei, ajustei-me um pouco. Não queria chamar a atenção com um modo grotesco de ser, bruto.

Marilda era professora de história e geografia. Ela era uma mulher gorda. Tinha cabelos louros, curtos e lisos, meio escassos. Vestia-se sempre com uma camisa preta, de manga três quartos, que descia até o quadril. Usava calça legging marrom e chinelos pretos que mostravam o esmalte descascado de suas unhas e a pele ressecada do calcanhar. Quando falava, acumulava um pouco de saliva nos cantos da boca, que limpava com o polegar de tempo em tempo. Nessas ocasiões, seu cotovelo escurecido e seco causava uma impressão desagradável. Quando a turma estava dispersa, sempre dizia, vestibular começa na quinta série. Nas aulas introdutórias de astronomia, nos falava do movimento de rotação e translação da Terra. Para diferenciar um do outro, quando pronunciava "rotação", ela movia o quadril em círculo, mas não saía do lugar. Os alunos riam baixinho do formato volumoso daquela circunferência. Quando falava "translação", a mão direita, fixa, representava o Sol e a esquerda, a Terra, que se movia em volta da primeira.

Marilda não era especialmente querida pelos alunos. Ela fazia-nos decorar o mapa da América e da Europa e, nas provas, entregava-nos os mesmos mapas com espaços em branco, para que escrevêssemos os países e as respectivas capitais. Alguns de nós, pensando-se críticos, chamavam esse método de ensino retrógrado, sem saber qual seria o de vanguarda. Diziam que ela não corrigia direito as respostas e já havia dado dez a quem havia escrito a história de chapeuzinho no lugar de descrever os corpos celestes.

Eu gostava de Marilda. Para falar a verdade, tinha pena dela. Achava que as pessoas eram tão cruéis porque ela era gorda, ainda que houvesse um pouco de justiça quanto à qualidade de suas aulas. Mesmo assim, o desprezo dos alunos escondia uma condescendência consigo mesmos. Eles eram maus. Eu tinha dó, mas me engajava nessas conversas fáceis. Não queria ficar de fora. Algumas vezes, vendi-me e falei mal de Marilda, a quem peço perdão, vez ou outra, quando rezo à noite.

Alguns anos atrás, soube que ela havia morrido de câncer e isto me deixou muito triste. Com o tempo, a memória das nossas malvadezas se atenuou e a antipatia que nutríamos feneceu. Vez ou outra, lembro-me da dança de rotação e do vestibular na quinta série. Tudo isto com um afeto genuíno e uma nostalgia mergulhada em tristeza. Enquanto alunos, porém, fomos cruéis, como as crianças e os adolescentes costumam ser. Alguns mais, outros menos. Talvez nisso, somente nisso, residisse a diferença.

Nessa época, ser ou não ser gorda tornou-se uma grande questão, uma espécie de ideia fixa. Eu me colocava de frente para o espelho, levantava a blusa até o tórax e tentava medir minha barriga. Nos sábados em que íamos à granja, havia um único espelho na casa, no armário do banheiro. Eu subia no vaso, abria a porta do armário e me posicionava. Um desses dias, já não mais suportando o inferno da aparência, acordei minha mãe e lhe perguntei se achava que minha barriga era grande. Ela disse que não e me mandou voltar a dormir. Mas não podia confiar na imparcialidade da minha própria mãe.

Mudamo-nos para o turno da manhã. Joana estava encostada à lousa branca, próxima à Diana, cujos braços estavam apoiados no birô, o tronco reclinado para a frente. Da porta, eu assistia à cena. Diana conversava com Marione, professora de matemática da sexta série, que, por sua vez, estava sentada. Joana ria e escutava. Diana segurava uma tesoura, resto de algum exercício artístico em sala de aula, e brincava com as lâminas de metal. Marione era baixa, gorda e palerma. Diana perguntou, em um tom desafiador, se poderia furar-lhe os olhos. Marione, encarando-a, disse, em tom de autoridade, "pois fure". Então, Diana lhe pediu encarecidamente que baixasse os óculos e Marione explodiu de raiva. Alguns anos depois, soubemos que fora transferida da sala de aula para a biblioteca e, descendo na escala de prestígio social, passara a trabalhar como bibliotecária.

Na manhã, nós estávamos na base da pirâmide de prestígio. O vértice era ocupado pelos alunos do terceiro ano. De novo o território havia se tornado estrangeiro e o meu corpo ficava perdido na multidão anônima. O ritual havia se aprofundado, ganhado novas variáveis e a fórmula tinha se tornado complexa. Agora o corpo era uma fábrica de formas. A loteria da natureza lançava mais dados no tabuleiro.

A escola era um microcosmo do mundo. As pessoas queriam diferenciar-se, sentir-se importantes. Isto significava uma hierarquia entre a gente. Havia primeiros e últimos e uma massa que gostaria de cruzar a linha. Então as pessoas do limbo se reuniam em clubinhos de desestima alheia, repetindo frases de desprezo como papagaios. Havia também os bons cristãos, para quem a sombra era palco da maior bondade, e havia os que estavam simplesmente ali, como estariam em qualquer parte, estudando ou vendo o tempo passar.

Mas o jogo de manipulação, de luzes e sombras, era constante. O jogo de colocar alguém para baixo e o expor ao ridículo, para se dar ares de grandeza ou ocupar o vazio. Às vezes, sem qualquer finalidade premeditada, por uma vilania à toa. Também eu pratiquei várias infâmias e arrependi-me – na hora e muito depois. Como no dia em que eu e Joaquim fingimos namorar. Mas isso foi ainda na quarta série.

Nós cruzamos o corredor do primeiro andar, em direção à biblioteca, e encontramos Heloísa. Ela gostava de Joaquim e, triste com a notícia, apenas disse "não era de se esperar?" Não sei de que caixinha de maldade eu havia tirado a ideia da cabeça. Não sei se fui eu que a tivera. Entre fingimento e realidade, não havia qualquer diferença. Só tínhamos dez anos. Talvez, como consolo, o teatrinho tenha nos dado o que não tínhamos coragem de fazer. Talvez. Mas, pensando melhor, esse namoro de mentira foi apenas uma crueldade infligida contra Heloísa. Ninguém estava livre do domínio, às vezes inocente, do mal.

Eu e Joana estudávamos em turmas diferentes, mas tínhamos amigos em comum. Muitas vezes, Jojô voltava triste para casa à noite e eu dizia-lhe para ficar comigo no recreio e na largada. Ao passarmos para a manhã, houve uma espécie de cisma e Jojô mudou de classe. Diana ficou com Eduarda e Mariana; e Joana mudou para a sala de Cecília, que fazia parte do time de vôlei do colégio e a quem conheci depois. Consolidou-se uma espécie de cisão.

Eu e Jojô morávamos no mesmo prédio de Eduarda e íamos ao colégio juntas, com tia Roberta, e voltávamos com minha mãe. Antes de passarmos para a manhã, vivíamos no pilotis. Andávamos de patins, jogávamos almofadinha, brincávamos de elástico e descíamos as raquetes de tênis para jogar contra a parede. Às vezes, íamos a John's tomar sorvete juntas, virando a esquina, e dormíamos, várias vezes, no apartamento uma da outra. Quando a internet chegou às nossas casas, eu, Madá e Jojô subimos ao oitavo andar e ajudamos Duda e Pati, sua irmã, a navegarem na rede. Em muitos finais de semana, fomos todas, mais Diana, à granja, onde meus pais tinham casa de campo, andar a cavalo.

Eu e minhas irmãs nos dávamos bem com quase toda a gente do prédio, que ficava no início da Av. Beira Rio, perto da Ponte da Capunga. Nas férias do colégio, do nosso apartamento, ligávamos o som Philco da sala de jantar e o posicionávamos perto da varanda, esticando ao máximo o fio de energia. Aumentávamos o volume, selecionávamos, entre os poucos CDs, "De repente, Califórnia", de Lulu Santos, e descíamos para o pilotis. De lá, era possível escutar a música nas alturas. Cantávamos "vou ser artista de cinema" e "faltava abandonar a velha escola". Cantávamos as letras de cor e não sabíamos que a vida ali era como um filme antigo de que lembraríamos mais tarde.

Ao lado do nosso edifício, iniciaram as obras de construção de um novo prédio. Perto das vésperas de trocarmos de turno no colégio, a piscina ficou pronta, mas ainda não havia nenhum novo morador, apenas um porteiro e um vigilante. Jojô apostou com os nossos vizinhos que pularia o muro e entraria na piscina em troca de um real de cada apostador. Ela fez como havia prometido, mas ninguém lhe pagou a aposta e ainda a ameaçaram dedurar.

Em retrospectiva, encarei esse episódio como um ponto de inflexão em nossas vidas. Talvez nossos companheiros de edifício tivessem entrado em uma fase nova e não estivessem mais para brincadeiras. Mas eu considerei um ato de traição. Algum tempo depois, soube que alguns dos nossos vizinhos nos achavam, eu e minhas irmãs, brutas e nos haviam chamado, em outras palavras, de incestuosas. Era isto então: as pessoas podiam ser muito cruéis.

Esta era a vida social nos nossos onze, doze anos. Aos sábados, matinê na boate; a domingueira, no clube; e as discotecas, uma ou outra vez, que minguaram até desaparecer. Eu achava que era preciso mutilar uma parte de mim, fingir ou forjar um gosto, suportar os minutos se converterem em horas. Devagar. E dançar como se Deus nos tivesse dado um corpo objeto de desejo, um corpo tão natural como um copo de água que tragamos de vez, sem soluçar. Para mim, no entanto, o mundo era um grande par de óculos que me observava até o coração e via minha falta de jeito, meu rosto vermelho, a vontade de retornar para casa. E isso porque eu e Jojô nunca frequentamos senão as discotecas. Era penoso estar sentada a maior parte do tempo, rezar para que chegasse o fim, rápido. E ter de enfrentar, com falsa coragem, o paredão de meninos que tiravam as meninas para dançar e a incerteza e a espera eram uma derrota tão grande que as cadeiras eram o lugar mais próximo ao inferno.

Seria simples não ir. Havia algumas festas que minha mãe nos obrigava a comparecer. Mas existia também um desejo ambíguo e vacilante. Ora eu queria ter parte entre os demais, ora recusava uma conformação geral. Uma recusa à conformação e uma vontade de estar entre os demais. Para quebrar a balança, uma vergonha, uma armadilha da consciência que expunha o rosto como uma máscara do ridículo e eu sentia que tudo em mim era uma falta. Se eu via, sentia e tinha consciência dessa falta, que se imprimia no meu corpo, os outros também a viam e observavam. O mundo se convertia em imensos olhos, ou em uma miríade de pequenos olhos, que podiam me perscrutar e eu não podia nunca estar nunca em paz.

Nos recreios do colégio, nós saíamos das nossas salas, cruzávamos o pátio e os corredores e encontrávamo-nos primeiro na cantina, onde poderíamos nos demorar mais ou menos; depois passávamos ao muro da quadra de esportes, em que nos recostávamos e tagarelávamos sobre os sucessos do momento. Às vezes, o recreio era como uma prévia dessas festas escolares e eu me sentia sobrando. Era constrangedor ver apenas o tempo passar. Mas, desde que eu e Jojô nos juntamos em um grupo maior, as coisas haviam ficado mais fáceis e, ao mesmo tempo, mais difíceis, porque era preciso construir os laços, amarrá-los, ter certeza. E eu nunca teria. Nunca teria certeza de se pertencia – e em que medida.

Em um dos recreios, na sétima série, estávamos, como de costume, na cantina. Conversávamos eu, Bianca e Maria. Eu chamei, brincando, Bianca de Dumbo, por causa das suas orelhas. Não era um apelido. Eu apenas estava repetindo um gracejo, mas não falava por mal, havia até mesmo carinho. Talvez minha intenção tivesse se perdido no ar. Talvez Bianca não suportasse ser chamada desse modo. Então Maria se dirigiu para mim e disse, em um grito, que eu tinha uma bola entre as pernas. Senti o tom abjeto de reprovação, mas não entendi o seu sentido imediato. Uma bola entre as pernas. Algo simbólico, certo? Deixei para lá. Depois, fiquei me perguntando se ao meu ato, que era apenas um chiste, como eu então o via, poderia se equivaler ao de Maria, se eu havia falhado em perceber que também eu tinha sido perversa, ou se eu havia derramado uma última gota a um copo saturado de bile, que então transbordou.

Foi no aniversário de quinze anos de Bianca que eu, de repente, vi-me sob o efeito de álcool pela primeira vez. Nós estávamos ao redor da mesa, no momento do parabéns. Nas mãos, tínhamos coquetéis de fruta com um pouco de vodca. A quantidade parecia inexpressiva, porque não nos deixavam beber. Ao menos, abertamente. Nós brindamos e viramos os copos. Uma hora depois, eu estava na pista de dança e, mais tarde, no colo de um amigo, falando bobagens. Luís disse, após a festa, que eu havia dado em cima dele e que me cuidasse. Eu sabia que não tinha sido nada demais, mas a minha timidez havia ido embora. No outro dia, acordei de madrugada, na casa de Heloísa, com uma ressaca terrível, contando os minutos do relógio. Eu não sabia que deveria beber água e comer, para aliviar a pressão na cabeça, o embrulho no estômago, a vontade de vomitar. De qualquer forma, havia encontrado uma espécie de atalho para a vida social, um modo de me sentir bem.

Li *Brás Cubas* no início da oitava série. Era um dos livros da coleção "Clássicos da Literatura Brasileira", da Folha, que meus pais assinaram quando ainda estava na quarta ou quinta série. Eu tinha lido *O Seminarista*, de Bernardo Guimarães, *A mão e a luva* e *Helena*, de Machado, e *O Ateneu*, de Pompeia. Depois, quando descobri *Memórias Póstumas*, algo mudou na forma como eu via os livros e a vida.

Eu entendi que a lei da equivalência das janelas, que Brás Cubras descobrira e aplicara no reino da consciência moral, não tinha lugar entre os fatos do destino. Às vezes, a natureza ou a história abria as janelas em par, sem qualquer fórmula de compensação; outras, fechava-as, abruptamente, deixando-nos numa cela escura. Mas precisamos de um consolo e imaginamos uma sorte de equilíbrio entre as pessoas, como se à fortuna tocasse ares de igualitarismo, como se esta, ao conferir riqueza a alguém, tomasse-lhe algo em troca, como o tempo e os anos de juventude; e a outro, ao lhe negar, oferecesse saúde e intelecto. Mas, não, às vezes se podia ter tudo, quase tudo. Também o contrário, quase nada. No mais das vezes, no entanto, ficávamos em algum lugar no meio do caminho e acreditávamos em equivalências e em janelas. Nós, os comuns dos mortais.

Por intermédio de Maria, conheci Clara no início da sétima série. Elas faziam parte do grupo jovem da Igreja de Casa Forte e, quando Clara se mudou para o São Luís, na sexta, foi natural que mantivessem contato também no colégio. Em algum momento, vi-me entre as duas conversando e a amizade surgiu.

Clara estudava na turma E, com Valentina e Júlia, de quem me tornei amiga. Na oitava série, para tentar conseguir um pouco de ordem, a coordenação separou as meninas e colocou Clara na turma B, em que eu e Heloísa estudávamos. Depois de um intervalo de paz, no primeiro ano, a coordenação permitiu que Valentina fosse para a nossa turma e, no segundo, Júli, que havia sido colocada mais tempo no ostracismo, pela gravidade do comportamento. Todas juntas na sala, o círculo se completou.

Nesse tempo, Joana começou a desenvolver hábitos alimentares próprios. No café da manhã, passou a tomar iogurte com granola apenas. Foram meses assim. Depois mudou para banana com farinha láctea ou leite ninho. Nós comíamos coisas diversas. Cuscuz, tapioca, ovo, queijo coalho. Esses hábitos exclusivos enfureceram meu pai. Todos os dias, no café, ao ver o prato de Joana, ele interrompia a refeição e batia palmas e dizia "everyday" com sarcasmo e ironia. Minha mãe tentava intervir. Mas meu pai não parava e sempre havia palmas e "everyday" e, em alguns dias, um surto de gritos. Estava claro que o seu método não tinha qualquer eficácia e apenas servia para expressar sua insatisfação com a magreza da minha irmã. Como se, comendo mais e em excesso, ela pudesse convergir para o padrão feminino que ele tinha na cabeça.

Minha mãe oscilava e, de tanto escutar os gritos do meu pai, levou-nos à terapia familiar. Todos deveríamos estar presentes na primeira consulta. Eu e minhas irmãs não tínhamos escolha. Mas, como meu pai se havia recusado e não fora à sessão, a psicóloga nos reuniu em círculo e colocou, entre nós, uma cadeira vazia para expressar a ausência.

Depois de umas sessões, a conversa de sempre se tornou um tédio: o ideal de beleza do meu pai, as nossas brigas mesquinhas de cada dia, a mania de arrumação da minha mãe. No final, a cadeira vazia perdeu o encanto. Não dávamos mais por ela. Talvez tenha se convertido na banalidade com que gastávamos, quase sempre, os nossos cafés da manhã. Convencemos nossa mãe a nos deixar interromper a terapia.

Mas a obsessão do meu pai com a comida, com que comêssemos sempre, convertia-se, às vezes, em uma vantagem. Quando queríamos sair, ele sempre nos dava dinheiro, "para o cachorro-quente e o guaraná". Dava-nos, às vezes, até vinte reais e, quando íamos a um show ou a uma festa, dividíamos o dinheiro entre vodca e refrigerante e não comíamos nada. A vida também podia ser muito fácil.

Nas férias de final de ano da oitava série, eu, Jojô e Cecília, com o dinheiro arregimentado em pequenas fraudes, como a subtração do troco diário do pão francês, saímos do apartamento, na Beira Rio, percorremos a avenida, cruzamos a Ponte da Torre e caminhamos pela Rua Amélia até a Rosa e Silva. Entramos no Bompreço. Passeamos pelas seções do supermercado. Na cesta, colocamos um vinho Carreteiro, de 900 mL, que custava seis reais, um pote de sorvete de baunilha, de 1 L, e um pacote pequeno de Ovomaltine. Cecília, que parecia mais velha, foi até o caixa. Eu e Jojô esperamos do lado de fora. Céci teve sorte. Retornamos ao apartamento, colocamos o sorvete no congelador e descemos, com o vinho, para o salão de festas.

Passamos a tarde com um copo de carreteiro cada uma e dávamos goles pequenos para economizar. Em alguma hora, o vinho acabou e eu subi para roubar uma dose do uísque do meu pai, colocando um pouco de água na garrafa, para dissimular o ato. Dividimos a dose com tragos mínimos. Quando a tarde caiu e a noite veio, estávamos bêbadas. Subimos ao apartamento e voltamos ao salão de festas, com o pote de sorvete e Ovomaltine. Comemos primeiro com uma colher coletiva, depois com as nossas mãos. Sob o céu estrelado, deitamo-nos no chão. Cantamos várias músicas. Falamos de amor, dos nossos flertes, dos meninos mais bonitos do colégio.

Por um bom tempo, ficamos apenas deitadas, olhando as estrelas, com as mãos e as bocas sujas de sorvete e Ovomaltine. Despreocupadas com a ressaca do amanhã.

Na segunda metade do primeiro ano, Valentina namorou Joaquim. No final do ano, acabaram. Eu e Joaquim havíamos nos distanciado na sexta série. O mundo engolira o nosso amor. Na oitava nos reaproximamos como amigos. No final do primeiro ano, vivíamos juntos, mas estávamos em ritmos diferentes, em histórias que se não cruzavam.

No início do ano, Joca me emprestou *O apanhador no campo de centeio*, na edição brasileira da Editora do Autor. Li e repassei o livro para Jojô e Madá. Ficaram martelando, na minha cabeça, as palavras "espirituoso", "qualquer coisa que o valha" e "medíocre". Eu e Jojô vivíamos dizendo "espirituoso" e "qualquer coisa que o valha", mas eu não ousava dizer, em voz alta, que alguém ou algo era "medíocre". Havia algo nessa palavra que se gravou de imediato em mim.

Há alguns anos, li a edição americana da Penguin. Dessa vez, reparei que Holden falava o tempo todo "phony" (falso, fajuto). Mas não encontrei a palavra original para "medíocre", que tinha permanecido em mim como um abismo. Eu tinha horror à mediocridade. Tinha medo de ser, também eu, simplesmente medíocre. Era um abismo que eu tentava pular, elevando-me pela educação dos sentidos e o aprendizado das virtudes. Mas essas coisas se revelavam, muitas vezes, arbitrárias e abstratas. Apesar disso, não podia me deixar afundar na massa geral de mau gosto, como se afunda no sofá em um dia entediante.

Em dezembro, entramos em férias. Em um fim de tarde, fomos ao clube e Joaquim levou o violão e tocou "O silêncio das estrelas", de Lenine. Nós estávamos sós, sob uma das palhoças, perto da piscina. O resto do grupo tinha ido embora. O sol se punha e podíamos ver no céu a luz esmaecer e se tornar laranja. Eu senti que, dentro de mim, alguma coisa se acendia e cintilava. Então soube que havia me ligado de vez a algo cujo nome eu ainda não ousava pronunciar.

Em janeiro, meus pais alugaram uma casa em um condomínio em Porto de Galinhas. Levamos Clara e Cecília. Joaquim, que também veraneava por lá, ia todas as noites ao nosso condomínio com o violão. Ele tocava e nós cantávamos os Beatles, Pink Floyd e Alice in Chains. Nós trocávamos livros, *Noites Brancas*, *A metamorfose*, *Fernão Capelo Gaivota*. Conversávamos o tempo inteiro sobre qualquer coisa. As meninas diziam que ficaríamos juntos, mas eu achava uma bobagem, porque só éramos amigos. Ainda era cedo e havia tanta gente na praia, nas barracas de música eletrônica, na praça da cidade. Havia muitas possibilidades. O mundo se abria. Mas, no fim do verão, nos confinou, novamente, a nós dois.

No último final de semana, como se o mundo estivesse para acabar, fomos à praça e bebemos vinho Carreteiro, vodca e as caninhas que a Barraca do Tio Gilson vendia a um ou dois reais. Nós nos separamos. Eu passei a madrugada com Joaquim, à beira do mar, e dissemos um ao outro que nos gostávamos e queríamos ficar juntos. Jojô, apesar de ter passado muito mal, voltou a si a tempo e com Cecília e Madá foi ao ponto de encontro, quando minha mãe nos veio buscar. Clara se extraviou e não atendeu aos chamados do telefone.

Quando retornou ao condomínio pela manhã, minha mãe a mandou de volta ao Recife.

Eu queria ter parte entre as pessoas e experimentar a vida, como a um fruto estranho, e tentava um balanço entre estudar e ir à praia, com Júli, Clara e Valentina, no meio do expediente escolar. Heloísa não ia nunca. Eu e Jojô ficávamos a meio caminho. Com as primeiras, eu tive uma espécie de escudo contra o mundo, ao mesmo tempo em que nos introduzíamos em seu banquete ou nos farelos. Eu não ia às últimas consequências, como elas. Não lhes era bastante a liberdade para fazer muitas coisas proibidas – beber, fumar – em casa, ainda que às escondidas, ou nas festas estudantis. A liberdade, ou a libertinagem, precisava de um palco e este era o colégio.

Houve um dia em que Júli teve os pais chamados, pela milésima vez, à coordenação e, na tentativa frustrada de escapar, subornou a empregada da avó, para lhe fazer as vezes de madrinha. A senhora foi muito bem-vestida e perfumada ao colégio, escutou todos os protestos e conselhos de João, o coordenador do primeiro ano, e saiu-se bem, com sucesso. Até que, dois dias depois, o circo explodiu.

Mas, algumas vezes, a libertinagem foi só um excesso. Em uma manhã, após o intervalo, no primeiro ano, Clara furtou uma seringa com agulha da enfermaria. Subiu ao primeiro andar, onde tínhamos aula e furou sucessivas pessoas, deixando-as incrédulas, raivosas e com dor. Depois, quando lhe perguntei por que havia feito isto, ela não soube responder, disse apenas que tinha tido vontade e não meditara a respeito, mas estava arrependida.

Pensando sobre esse excesso que ligamos a uma e outra pessoa, talvez seja ele quem lhe dê o rosto verdadeiro ou uma sorte de individualidade, o corte que a separa da multidão.

Se o excesso é grosseiro e despreza a nuance dos dias e dos nossos humores, é justamente isso que o preserva contra o limo do tempo e o esquecimento.

Quando, fora dos deveres do dia, eu me deparava comigo, oscilava entre dois polos, passando de um a outro extremo, de um niilismo absurdo a uma espécie de mania poética. Ora, nenhum sentido era possível e a vida era só um sonho tempestuoso de que não acordamos a tempo para levar os vestígios ao analista; ora, se eu soubesse interpretar devidamente, o sentido estava lá, sob as páginas de um russo, depois do quadragésimo ou centésimo livro. Quando li *Crime e Castigo*, achei que talvez a vida pudesse reservar uma espécie de redenção, como em Raskólnikov. Mas qual? Se eu tivesse sabido que Dostoiévski preferia o Cristo à verdade, como li muito depois, teria sossegado um pouco, porque teria entendido, com menos dor de cabeça, que o dilema era insolúvel e era preciso um pouco de fé na criação.

Nessa época, eu vivia com dois versos na cabeça e os alternava como frase introdutória no MSN. "É a vaidade, Fábio, nesta vida", de Gregório de Matos. E "um urubu pousou na minha sorte", de Augusto dos Anjos. Eu havia lido todo o *Eu*, na edição da Bertrand Brasil, que tinha pegado na biblioteca do colégio. Ele era lindo, tinha capa preta em alto relevo. Se eu juntasse os dois versos, em uma espécie de síntese da época, teria a seguinte linha "A vaidade pousou na minha sorte". Mas eu não tinha vaidade nenhuma, como minha mãe fazia questão de me repetir, como uma censura. Mas eu tinha os meus livros e os elevava em uma torre contra o mundo.

No terceiro ano, todas as turmas foram reconfiguradas. Havia salas de humanas, de saúde e de exatas. Eu, Clara e Júli ficamos na mesma sala com Eduarda e Jojô ficou com Diana e Mariana. Heloísa ficou sozinha, em saúde, porque conseguia se comprometer de corpo e alma, apesar de que faria vestibular em humanas, como as demais; e Cecília ficou em exatas, também só, porque era a única do grupo a fazer ciências da computação. Nesse ano, houve como que o início de uma mistura geral, que se completou somente após o colégio, quando estávamos todas na faculdade.

Na abertura dos jogos internos do colégio, a última de nossas vidas, Heloísa, Eduarda e Mariana fizeram parte da comissão de coreografia e nos fizeram dançar os ritmos mais diversos. O tema era uma volta à infância e uma transformação do mundo em um picadeiro onde todos nos divertiríamos, soltando balões e gritos de alegria. No dia da apresentação, fomos a um bar na Rua do Futuro e no banheiro fumamos e cheiramos lança-perfume. Na rua, bebemos mais um pouco. De minha parte, eu só queria esquecer a vergonha de ter de dançar para um ginásio lotado e já me figurava na antecâmara de um pesadelo. Mas as meninas estavam adorando.

Antes de entrar na quadra, passei muito mal. Eu estava atrás do ginásio, deitada em um banco, com Joaquim ao lado. Lembro que Carlos Henrique, professor de física, passou por nós, com muita pena de mim. Ele deve ter pensado que toda a repressão que eu sentia foi abaixo ali mesmo. No meu leve grau de consciência, tive pena de Joaquim, que era minha dupla na dança e perderia a apresentação por minha causa. Mas não sei com que forças eu me arrastei para o ginásio e dancei inconsciente, com a maquiagem borrada e o cabelo preso, encharcado de água.

Ao longo do ano, houve outros eventos para nos compensar do fim de nossas vidas no colégio. A viagem a Porto Seguro, a ressaca da viagem, as festas para arrecadar dinheiro para a formatura, a formatura, por fim. Apesar do estranhamento, da minha timidez e vergonha, amava o colégio, e doía um pouco saber que não mais o frequentaríamos e atravessaríamos outras salas, outros corredores sem reencontrar pessoas que nos eram queridas. Talvez fosse este amor – um amor ao destino, que nos havia unido, separado e reunido, e dado e tirado e novamente dado, em dobro, tantas coisas – que me fazia sentir tão acossada pelo mundo. Porque ele podia ler, no meu rosto frágil, toda a felicidade que se espraiava dentro de mim, e me deixava com vontade de mais mundo dentro do mundo. Mas ele podia se retrair de súbito, deixando-me em uma sorte de vazio, exposta e sozinha.

Eu não queria que descobrissem que tinha verdadeira estima pelas pessoas e desejava sua companhia. Muitas vezes, eram elas que me davam uma face e, logo, sem explicação, retraíam a outra e eu não tinha o desprendimento do Cristo para lhes dar afeto e depois aceitar serenamente uma recusa, ainda que não pronunciada. Tentei dar ao meu rosto a mais dura expressão, para que não o adivinhassem, para que não enxergassem minha fragilidade. Na rua, nos corredores do colégio, eu não dava um sorriso de graça, mantinha a distância ou a polidez, a não ser que estivesse entre os meus, no meu grupo. E houve um dia em que Humberto, coordenador do terceiro ano, parou Jojô, a caminho da sala, e lhe perguntou por que andava sempre com o rosto retraído e fechado, com cara de poucos amigos. Então eu vi no seu o meu rosto.

Às terças-feiras, Clara almoçava lá em casa. Às 14h, saíamos do apartamento, percorríamos a Beira Rio até a Ponte da Capunga. Cruzávamos a ponte e íamos até a Rua Feliciano Gomes, onde fazíamos curso de redação. Todas as terças, eu, Clara e Jojô ensaiávamos nossa fuga do mundo e dos deveres. Sonhávamos em interromper nosso percurso, dar a volta, nos sentar em qualquer bar de beira de esquina e beber cerveja gelada a tarde inteira, quando seríamos as pessoas mais felizes do mundo.

Clara havia decorado o "Na boca", de Bandeira, e em todas as festas recitava o poema. Nessas terças, com a cabeça sob o sol a pino, dizíamos, entre o compromisso e a tristeza, "felizmente, existe o álcool na vida e nos três dias de carnaval éter de lança-perfume". Depositávamos todos os nossos desejos nessa proibida quebra do cotidiano, algo tão simples e banal, como se isso fosse o símbolo e a matéria de uma liberdade sonhada e impossível.

Vejo agora que esses percursos da terça à tarde eram, para nós, como a Pasárgada de Bandeira. Precisávamos de tão pouco para uma felicidade total. E o que preservamos de mais sagrado, contra o assalto do mundo e do tempo, foi o prenúncio dessas tardes que nos prometia uma alegria logo calada e esquecida. Hoje, nossa fuga pareceria infantil e inútil. Não nos devolveria aqueles momentos pedestres e solares nunca realizados. Como vejo agora, aqueles momentos foram o verso da vida que poderia ter sido e não foi; e, em não sendo, salvou sua potência e seu destino.

A FESTA

Vais conhecer o limbo, pensei, quando acabei a faculdade. Eu estudava no prédio histórico da Praça Adolfo Cirne, que dá para o Parque 13 de Maio, e, de segunda a quinta, saía de lá, pegava a rua Princesa Isabel, cruzava o Capibaribe, dava na Ilha de Santo Antônio e parava no Fórum Tomás de Aquino, na Martins de Barros. O gabinete em que eu estagiava tinha vista para o rio, que ocupava dois terços da minha paisagem e onde, não raro, barquinhos coloridos de pescadores vagueavam ou estavam parados nas margens. Mais além, eu via o Paço Alfândega e a Livraria Cultura, no Bairro do Recife, a antiga Ponte Giratória e, de novo, um braço de rio dando no mar de Brasília Teimosa. Azul em cima, água turva em baixo. Essa era a minha visão. Uma visão cujo sentido só percebemos ao pararmos subitamente de ver, como quando fechamos a porta e deixamos alguém querido para trás.

Vais conhecer o limbo, pensei, enquanto aguardava o fim das aulas. Mas não estava preparada para o que viria. De certo modo, nunca estamos preparados para o que virá. Seguimos as *leis* da probabilidade e *acreditamos* nelas. As leis da probabilidade são a nossa religião. Quando jovens, ainda não maculados pela vida, traçamos nossos planos. Acreditamos, apesar das dificuldades, em uma vida boa, uma carreira, um relacionamento, com ou sem filhos. Essa é a expectativa. Se pensássemos a todo momento nos riscos e nas possibilidades que podemos enfrentar, nos desesperaríamos, assim como as crianças, se tivessem consciência de sua imensa fragilidade, não bancariam os heróis, mas se afogariam em uma angústia terrível. Por isso, nos vemos dentro de uma certa normalidade, dentro de um certo cotidiano. Mas nada, absolutamente nada, garante que estaremos a salvo no momento seguinte. No entanto, vivemos, comemos, trabalhamos, fazemos amor. E esperamos.

Eu adorava a faculdade, os seus corredores, a sua atmosfera, que, para mim, recendia à liberdade, aos meus amigos. Gostava das palmeiras imperiais do pátio, dos bancos de madeira, do relógio da torre. Eu me sentia com um lugar no mundo, um lugar certo. Então, acabaram minhas aulas, me recolhi ao apartamento dos meus pais e logo comecei a ter dores de cabeça terríveis. Passava os dias no meu quarto, estudando, cercada por paredes brancas. No fim da tarde, passeava com Stuart na Beira Rio. Pensava variadas coisas sobre a vida e o meu estado enquanto contemplava o Capibaribe, o mangue e os reflexos de luz no corpo d'água. Meses depois, entrei na terapia.

Eu pegava a minha bicicleta e descia a Visconde de Albuquerque na contramão até entrar na Real da Torre. Percorria um trecho diminuto que emendava com a João Ivo da Silva. Havia ali, depois do que hoje é o Túnel da Abolição, à direita, uma casa de muro alto coberto de hera. Ali ficava o consultório de A. Eu tocava a campainha, entrava com a bicicleta e deixava-a no jardim. Depois, aguardava na antessala até meu horário, às onze horas.

A primeira vez em que vi A., eu estava sentada numa cadeira, na sala de estar, acompanhada apenas pela secretária, que ficava do outro lado de uma mesa. Uma mulher de cerca de cinquenta anos, muito branca e loira, com expressão afável e altiva cruzou o ambiente com obstinação e se sentou ao meu lado. Ela usava uma saia lilás comprida e uma blusa branca.

Tinha um ar de confiança. Perguntou-me se eu me chamava Lisa e disse que me atenderia em um instante. Mais tarde, quando me sentei na poltrona ao lado da sua, falei-lhe sobre médicos e endereços. Ela não me interrompeu e, ao fim, falou, eu quero cuidar da sua alma, deitar sua alma no meu colo e cuidar dela, você compreende? E eu, que vivia aferrada ao uso da mais dura razão, respondi, "alma" em que sentido? Você está falando de espiritismo? Perguntei-lhe isso genuinamente, como se ela tivesse formulado uma hipótese de trabalho, de tratamento, como qualquer outra.

Eu não sabia que ali, naquele espaço, podia declinar de todo meu discurso e *sentir*, quando então já não precisava falar de coisa alguma, mas apenas estar por inteiro ou na tentativa de ser por inteiro. Porque não podemos falar realmente de nossa dor, sendo nós mesmos. Quando falamos, já somos um outro. Podemos apenas tentar nos mostrar ao outro como somos e ele apenas pode intuir o que somos pelo seu próprio sentimento.

Nós nunca somos *realmente* pelas nossas palavras. É onde não falamos que somos, quando calamos. E não podemos senão calar quando o que está em jogo é o nosso ser mais verdadeiro. Somos aquele núcleo duro que nunca, jamais, serão nossas palavras. Nós somos aquele gesto impotente, não esboçado e que perdeu o sentido porque não o fizemos quando sentimos que deveríamos tê-lo feito; somos aquele pesar brutal, no nosso peito, diante de nossa própria covardia para o gesto verdadeiro; nós somos aquele abraço que não demos e perdemos a oportunidade para sempre. No entanto, de toda a frustração do que poderíamos ser, emerge, às vezes, o ímpeto para ser realmente, para dar um passo à frente e abraçar quem realmente amamos neste mundo. Em tudo isso, quando realmente somos, não há espaço para as palavras.

A. não se alterou, manteve a expressão no rosto, que não simulava compaixão ou piedade, apenas sua altivez e confiança e disse, sua alma é você, quem você é, eu quero cuidar de você. E essas palavras me desarmaram. Quando entendi o que ela me oferecia, chorei.

Eu falava muitas coisas para A., pensamentos abstratos enunciados em terceira pessoa: os seres humanos são assim, nós somos assim, desamparados, como se, do fundo do meu ser, eu pudesse extrair a quintessência de todas as experiências verdadeiras de mundo. Eu me sentia profundamente desamparada. Tudo o que eu fazia, dia e noite, estava em descompasso com os meus sentimentos e era *preciso* que fosse assim. Eu agia ou me comportava para ser alguém funcional, um produto da civilização, estudava horas a fio, cumpria meus deveres e não iria parar, não iria arrefecer até que meu ser se escalavrasse.

Às quintas-feiras pela manhã, eu falava sobre esse desamparo, que para mim era o que havia de mais fundamental no ser humano e isso ninguém poderia modificar nunca, essa era a *nossa* condição, desde que somos frágeis, precisamos infinitamente do outro e de todas as coisas, mas estamos, em realidade, profundamente sós, estamos sozinhos em nosso desejo de compreender ou de estar entre nossos pares, porque não nos compreendemos, não nos vemos, não nos escutamos de fato, dizia eu, naquele espaço que hoje não existe mais. Acordamos, fazemos nossos cumprimentos falsos e preparamos o café. Balbuciamos algumas palavras, quando, em realidade, desejaríamos gritar nosso desespero e revelar que estamos, sim, perdidos, estamos no abismo da angústia e essa angústia consiste em seguir, nos nossos minutos, horas e dias, como se não estivéssemos nesse estado, estivéssemos no melhor dos mundos possíveis e todas as nossas dores fossem passar.

A. me ouvia durante os poucos minutos em que eu furiosamente pronunciava minhas palavras, desprezando-as e dizendo, em arremate, que tudo era patético e minha dor era patética e ridícula, porque como eu podia sentir tudo isso, estando numa condição muito melhor que outras pessoas? Eu lhe dizia, eu sei que tudo isso é patético e ridículo. Ao cabo, A. conseguia me interromper e respondia que não estava ali para me julgar, isso quem fazia era eu, com todos e tudo, e instava-me para que me calasse, parasse de pensar e aprendesse a sentir. A. falava e, por fim, eu conseguia chorar. E, assim, todos os meus pensamentos sucumbiam, um a um, naquela sala mal iluminada, com cheiro da lavanda dos lenços de papel que A. guardava numa caixinha de madeira próxima à sua poltrona e estava pronta a entregar-me assim que um soluço interrompia minhas palavras.

Em uma manhã no fim de novembro, eu estava no consultório de A., entre almofadas, cortinas e o cheiro de lavanda. Ainda lembro a roupa que eu vestia. Uma camiseta branca de gola em v e uma calça xadrez. Como sempre, havia iniciado a sessão com grandes palavras, *mundo*, *ausência*, *desassossego*, *consolo*. Com todo o meu espírito, acreditava que pudesse alcançar um tipo de realidade, um tipo de compreensão da existência somente acessível por meio de pensamentos difíceis e abstratos. Acreditava nisso e despejava todo o meu ser nesses pensamentos, com o intuito de, ao final, exausta de tanto pensar, ter alguma espécie de revelação da ordem de coisas do mundo ou da minha alma. O que eu *realmente* fazia, no entanto, era de uma outra espécie. Eu falava do que me acossava mais a fundo no espírito, porque não sabia agir de outro modo ou falar de coisas mais simples e importantes, como os meus desejos mais fundamentais de afeto e carinho.

Porque eu precisava infinitamente do amor dos outros, de estar entre os outros e sentir esse amor. E precisava do afeto de A. Mas não conseguia dizer simplesmente isso.

A. sempre me escutava por uns minutos e depois me interrompia. Você não precisa de mim para pensar, ela me dizia, isso você pode fazer sozinha. Você precisa se deixar sentir. A história do mundo é uma história de amor e de dor. Mas aqui você está segura. Agora me calo. O turbilhão do meu discurso estanca. Sinto-me mais leve. Levanto-me e lhe digo *obrigada*, digo-lhe *obrigada* com o meu coração. Ela dá dois passos em minha direção e põe os braços ao meu redor. Aquiesço e dobro meus braços. A. me diz, você ainda não consegue abraçar e eu sorrio desajeitada.

J. M. Coetzee sobre a língua-mãe: talvez todas as línguas sejam estrangeiras, estranhas ao nosso ser animal.

Depois das sessões, logo me via na privação do meu quarto, entre os manuais de estudo. À tardinha, descia com meu cão para um passeio na Beira Rio. Caminhava com ele, observando o rio, o mangue, a terra molhada e os pequenos caranguejos que se escondiam sob o peso dos meus passos. Eu tentava me fixar nessas coisas e pensar em seu ineditismo, como se, embora meus dias fossem iguais, a natureza e o mundo pudessem ainda me ofertar espetáculos novos, dignos de viver.

Numa dessas tardes, deixei minhas xerox sobre a bancada e vasculhei a estante à procura de um livro específico. Eu queria achar o livrinho da Penguin chamado *Babette's Feast*, que havia comprado fazia alguns meses na Livraria Cultura do Paço Alfândega. Eu nunca o havia lido, mas conhecia a história porque Madá e eu havíamos visto, anos atrás, o filme de mesmo nome, baseado no conto de Karen Blixen. Eu buscava uma frase que nunca me saíra da memória e achava que resumia toda a minha condição no mundo, a condição de alguém privada do mundo. Peguei o livrinho cinza, de 54 páginas, e disse a mim mesma que o leria naquela tarde, tomada por um impulso quase febril. Foi o que eu fiz a tarde inteira, deitada ora na minha cama, ora no sofá da sala.

No dia seguinte, na quinta-feira, às onze da manhã, eu estava na sala de A. e lhe disse que precisava contar uma história, precisava lhe dizer aquela frase que resumia toda a condição da minha vida e do meu espírito.

A história se passava numa vila da Noruega, em meados do século XIX. Nessa vila, vivia uma pequena comunidade de protestantes ascéticos cuja vida consistia em rezar e se privar de qualquer prazer da existência. Martine e Philippa eram as duas filhas do líder religioso, agora já morto. Um dia, quando as irmãs já eram duas senhoras de idade, Babette aparece na casa delas, fugindo das forças contrarrevolucionárias francesas, com uma carta de recomendação para trabalhar como governanta. As irmãs dizem que não têm como pagar-lhe pelos serviços de casa, porque são muito pobres, mas Babette aceita ficar em troca de abrigo.

Doze anos se passam e Babette trabalha como cozinheira para as irmãs, numa vida frugal e abstêmia. Mas eis que um bilhete de loteria com seu número é sorteado na França e ela ganha dez mil francos. As irmãs pensam que Babette irá abandoná-las, retornando ao continente, mas Babette não lhes fala sobre a partida, antes lhes diz que tem um pedido a fazer, que é cozinhar um jantar em celebração ao centenário do pai-fundador. As irmãs ficam surpresas, porque pensavam em ter apenas uma simples sopa, mas Babette insiste em cozinhar um legítimo jantar francês e pagar por ele. No dia do centenário, uma grande mesa é preparada com requinte.

Babette cozinha pratos suntuosos e faz servir vinhos sofisticados que despertam emoções profundas e os sentidos dos poucos convidados puritanos e do único conviva de fora, um antigo oficial de cavalaria que, quando jovem, havia se apaixonado por Martine. Ele percebe, por exemplo, que bebe um Veuve Cliquot 1860 e reconhece, entre outras iguarias, as Cailles em Sarcophage, servidas unicamente no renomado Café Anglais de Paris, de que era frequentador.

Por fim, quando todos se vão e as irmãs fecham a porta, lembram-se de Babette. Elas lhe dizem que todos acharam um ótimo jantar e os seus corações se enchem de gratidão. Então, Babette replica que tinha sido a cozinheira do Café Anglais. As irmãs, sem compreender o sentido disso, lhe dizem que todos lembrarão para sempre essa noite quando ela tiver voltado à França. Mas Babette sorri, ela não vai voltar, agora ela já não tem mais os seus clientes de então e não possui mais nenhum franco. As senhoras se espantam, mas ela lhes diz *um jantar para doze no Café Anglais teria custado dez mil francos.* Com pena, Philippa lhe censura, ela não deveria ter gastado todo o dinheiro por causa das irmãs. Mas Babette, altiva, objeta, *eu não fiz por vocês, mas por mim, eu sou uma grande artista.* E acrescenta em seguida: *um artista nunca é pobre.*

E agora, eu disse a A., naquele dia, na sala do seu consultório, Babette, relembrando o que lhe dissera um famoso cantor francês, diz a ambas às irmãs: *É terrível e insuportável para um artista ser encorajado a fazer, ser aplaudido por fazer, o seu segundo melhor. No mundo todo, um longo lamento é emitido pelo coração do artista: permitam-me dar o máximo de mim*!

Paro de falar e um instante de silêncio se passa. Minha voz estanca no meio da garganta. Você percebe o que isso quer dizer? Pergunto a A. E você? Você percebe?, ela responde. Então eu continuo.

Veja, eu não sou Babette, não sou uma grande artista, mas preciso da minha festa, compreende? Sinto isto em mim, sinto este apelo incomensurável, um apelo por realização. Um artista está no mundo para isto: para se realizar. Realizar algo que se lhe impõe, como uma necessidade. Deixem-no agir, essa é a sua súplica. E é a minha também. Mesmo o mais isolado dos humanos, se se dispõe a criar algo, se se dispõe a expressar aquilo que se impõe no seu espírito, mesmo essa pessoa está, de alguma forma, em comunhão com o mundo, porque se endereça aos demais, pressupõe-nos em sua atividade, mesmo que os repudie, ache-os frívolos. Mas ao menos um, no grande auditório humano, irá reconhecê-lo e dirá: é isso mesmo. Como não? Ainda que leve tempo, anos talvez, mas pelo próprio fato de sentir essa necessidade, a necessidade de expressar profundamente o que se lhe impõe, como aquele vermelho estrondoso de Rothko ou a montanha Saint-Victoire de Cézanne, dia após dia, várias vistas e ângulos de uma mesma e diferente montanha, tentando capturar o que estava ali, no coração da paisagem, aquilo que somente poderia aparecer verdadeiramente se ele dedicasse seu ser àquele ser que se entreabria para se mostrar. Então pelo próprio fato de as coisas acontecerem e necessitarem da nossa atenção e o nosso mesmo ser necessitar ver e expressar aquilo que está ali, prestes a aparecer e se demorar ao menos alguns minutos se lhe concedemos o nosso ser, se nos dispomos verdadeiramente para ele, por tudo isto, é claro que alguém ou muitas pessoas dirão: é isso mesmo, é isso o que vejo e sinto quando estou aqui, no meio do mundo, percebendo que estamos passando, mas neste momento estamos aqui, vertiginosamente aqui e é este o presente que as coisas e o mundo nos oferecem se estamos abertos para os receber.

A., eu disse, nós fomos instruídos com explicações objetivas sobre a vida, mas isso nada fala sobre o que sentimos quando estamos sozinhos, em nosso íntimo, e consideramos, por um minuto que seja, o que é que estamos fazendo aqui. Nesse longo minuto, nós sentimos desespero porque nenhuma explicação sobre trabalho, amor ou religião nos impede de *sentir* o desespero. A primeira página da história do mundo não foi escrita e nunca será e cada um de nós, quando percebe esse vazio, quando percebe que saltamos sobre um abismo e agora não sabemos o caminho, cada um de nós é sozinho nessa solidão. Agora, só temos adiante nosso próprio destino e *ele é muito pouco, queremos mais.* É por isso que precisamos *criar*, porque somos muito pequenos, não podemos nada contra o destino e o nosso silêncio é apenas um medo não pronunciado. Mas, quando criamos, ousamos sonhar e dizer que as coisas, pelo breve espaço dos nossos sonhos, podem ser diferentes do que são. Mas de que me serve todo esse espírito, de que me serve toda essa potência prestes a rebentar, se não me endereço a ninguém, se não posso agir, *se não posso criar para ser verdadeiramente*? Eu agora estou privada de tudo, estou sem ninguém, na privatividade das paredes do meu quarto e tudo o que eu tenho é esse chamado para realização que escuto como uma pancada no fundo do meu ser. Eu estou fora do mundo, fora da história e fora do tempo. Esta é a minha dor.

Por muitos e muitos dias, refiz o trajeto até a casa de muro de heras, do lado oposto ao Museu da Abolição. Nesses intervalos, alguma coisa se acendia em mim. Depois, quando montava na bicicleta, tudo ficava escuro e eu sentia que a vida fluía lentamente com o seu vazio. O meu vazio. Então, à tardinha, passeava com Stuart na Beira Rio, olhava o Capibaribe e esperava. Esperava o dia em que o ímpeto que sentia em mim, pelo fato de ver as coisas em sua mudez bárbara e perceber a distância que havia entre mim e elas, explodiria numa festa.

No início do outro ano, passei a trabalhar no Palácio da Justiça, na Rua do Imperador, e atravessei, muitas vezes, a Ponte Buarque de Macedo para tomar sorvete no Paço Alfândega. Enquanto atravessava, contemplava os barquinhos no meio do rio e sentia que amava a cidade e a vida. Depois, quando fui morar em Brasília, voltava da Esplanada dos Ministérios para casa, no fim da tarde, vendo o sol se deitar cheio no horizonte, no fim do eixo rodoviário, onde nenhuma construção impedia a vista. Nesses instantes, sentia que algo muito maior que eu estava disposto a me acolher e, ao mesmo tempo, sentia uma espécie de estranhamento, porque não tocava verdadeiramente nada. Mas nesse intervalo, eu tinha a maior compreensão possível da minha vida. Eu sabia que o essencial era o desejo, o desejo de ir em frente e tentar novamente, apesar de toda frustração e fracasso. Ir em frente e tentar novamente. Era isso.

A QUEDA

Seis horas de estrada. O trânsito na serra tinha trechos interrompidos, por causa das obras. A balsa demorou um bocado. Mas pelo menos já víamos o mar. Quando chegamos à Casa Vermelha, a casa onde nos hospedaríamos, na praia da Pacoíba, em Ilhabela, já era fim de tarde.

A dona nos recebeu polidamente e mostrou a sala, a varanda, a cozinha e os quartos. Disse-nos que havia mobiliado e decorado a casa cuidadosamente, espalhando obras de arte. Nesse momento, apontou um pequeno Di Cavalcanti. Depois, indicou o seu quarto no primeiro andar, disse que a área era reservada para si, mas poderíamos usar todo o restante da casa, mostrou como deveríamos fazer para anotar a consumação e nos deixou em paz.

Fomos à varanda. Era de madeira e fazia uma esquina. A casa tinha dois andares e ficava no alto de um morro. Não havia nada à frente, apenas o mar, que só começava um pouco adiante, após a descida um tanto escarpada do jardim, que se estendia por algumas dezenas de metros. O jardim levava a um píer, por um lado, e, pelo outro, a uma prainha de extensão diminuta, com alguns pés apenas. Mas o mar não era sossegado e quebrava de encontro às pedras.

De onde estávamos, não podíamos distinguir muito na linha do horizonte. Estava escuro e ventava. Era final de outubro e a previsão do tempo para os próximos dias indicava um pouco de sol e um pouco de chuva e, quase sempre, tempo nublado. Voltamos para a sala, recolhemos a bagagem, colocamos nos quartos e retornamos à varanda.

Aqui é muito bonito, disse Jojô, mas perdemos o dia na estrada. Vamos perder outro na volta. Para que pensar nisso?, respondi, podemos voltar à noite. Com essa estrada, jamais. Muda o disco, disse Madá. Quem pode estar cansado é Joca, que dirigiu o tempo todo. Vou colocar uma música. Começamos todos a fazer os planos para os próximos dias. Havia cachoeira nos arredores e atividades de mergulho. Mas era preciso um guia e ninguém queria se incomodar resolvendo os detalhes.

Eu me sentia alegre, havia gostado do lugar. Não tínhamos vizinhos e o silêncio era quase total, a não ser pelo trinado dos pássaros, que passeavam pelas árvores do jardim, e o som afastado do mar quebrando nas pedras. Aproximei-me da sacada, coloquei os braços sobre a madeira e soltei uma exclamação. Puxa, que lindo. Acrescentei, amanhã podemos beber vinho pela tarde, porque o tempo está propício.

Bebemos algumas cervejas, conversamos divertidamente e fomos dormir cedo.

Assim que acordou, Madá começou a arrumar a mesa do café da manhã. Logo chegou uma pessoa para ajudar. Disse que se chamava Fátima e estaria conosco durante o dia. Em seguida, eu me juntei à arrumação; depois, Joaquim. No fim, Joana apareceu, cortou um limão e bebeu o suco puro. Fátima nos serviu bolo, frutas, queijo e geleia. Pedimos tapioca com ovo e bebemos café preto.

Os pratos foram recolhidos e passamos para a outra extremidade da varanda, onde havia uma mesa baixa, com poucos objetos, em que podíamos apoiar os pés, sentadas nas poltronas e no sofá. Eu havia trazido *Ouça a canção do vento* e *Pinball*, de Murakami; Madá, *As aventuras de Tom Sawyer*, de Twain; e Jojô, *Sodoma e Gomorra*, de Proust.

Como estava nublado e com vento, não quisemos descer logo para a beira da água. Eu havia terminado de ler o prefácio e começava as primeiras linhas do livro. Murakami tinha escrito em inglês, aos vinte e oito anos, quando era dono de um bar em Tóquio. Era algo que se podia até sentir, eu disse e acrescentei que me parecia uma boa vida ser dono de bar, escutar jazz o dia inteiro e escrever nos fins de semana. Madá estava relendo *Tom Sawyer*. Ela falou que sempre imaginava Tom e Huck descendo o Mississippi em uma jangada e nós lembramos nosso antigo livrinho da editora Moderna, que era ilustrado e tinha vários desenhos de Tom e seus amigos metendo-se em apuros. Jojô, subindo os olhos do seu livro, disse:

Segundo esse cara aqui, no prefácio, o sujeito proustiano não tem nada a ver com o de Freud. Não é como se o eu estivesse descobrindo a matéria reprimida no inconsciente e a trouxesse à luz. Não é uma escavação do interior. Não, o eu vai se transformando e deixando a si mesmo para trás, como a um outro. Swann era um antes de conhecer Odette. Depois, aburguesou-se, tornou-se vulgar. Swan não é um balanço de si mesmo. Ele só é um naquela época e na outra já não é mais. É um outro.

Engraçado, eu disse, sou a mesma pessoa de sempre. Não consigo ver nenhuma imagem do meu futuro. Jogo tênis alguns dias na semana, bebo nas sextas e sábados e leio sempre que posso. Meus dias são iguais. Nada acontece de verdade na minha vida.

Pois só sinto que vivo quando estou me movimentando, disse Madá. Acabei de voltar da Índia e pretendo morar ou na América do Sul ou na Europa em alguns anos. Ela sempre guardava um pouco de mistério. Havia sempre esse desejo do desconhecido que eu não conseguia compreender muito bem. Quanto a mim, não gostava de pensar em mudanças.

Já são onze horas, podemos beber. Joca havia voltado de uma ligação e se juntou a nós.

Fomos à cozinha, pegamos umas Heinekens, colocamos em um baldinho e pusemos nossos pés sobre a mesinha. Continuava nublado e o vento estava um pouco frio. A superfície do mar estava verde escura. Logo acima, as nuvens se misturavam com a neblina e davam um toque indefinido à paisagem. Ora um pássaro mergulhava na água, ora planava no céu. Estava silencioso e não ouvíamos sequer o ruído calmo dos nossos próprios corações.

Passamos o fim da manhã e o início da tarde conversando sobre grandes e pequenas questões. Toda a literatura dos nossos livros parecia-nos uma falta. Como se, se nos distraíssemos, pudéssemos perder algo. Então bebemos devagar, assistimos ao passar do tempo e, quando tivemos fome, pedimos alguns petiscos para o almoço.

À noite, fomos à cidade. Os restaurantes que abriam antes do fim de semana eram todos italianos. Em parte, isso era bom. Diminuía a complexidade e havia comida para Madá, que era vegetariana. Escolhemos o primeiro da lista de indicações da dona da casa. Estava quase vazio, a não ser por uma família no interior do salão. Pedimos vinho. Joana comeu nhoque com molho pesto; eu comi um espaguete ao molho de lula; Joca, a mesma coisa; e Madá, um capelete com ricota e molho de tomate.

Perto do fim da refeição, eu disse que estava escrevendo um roteiro e, com sorte, após alguns ajustes, acabaria nesses dias e queria mostrá-lo aos demais. É curto, eu disse, não vou tomar muito o tempo de vocês. Quero saber se gostam. Estou testando uma ideia, se um acontecimento pode passar de moral a estético. Me digam uma coisa, o que um escritor faz? Acho que um escritor é sempre dilacerado por questões morais e, para se livrar, ele as transforma em estéticas, mas ninguém nunca se livra de nada. Escrever é uma espécie de confissão.

Mas você poderia se confessar na terapia e aí não precisaríamos ler nada, disse Madá, sorrindo.

Não é a mesma coisa, respondi. Um terapeuta sempre será indulgente. Quando alguém fala as suas razões para outro, diz o que guarda em suas emoções mais profundas, como o outro não o entenderia? Quando alguém diz o que sente realmente, então essa é a sua verdade. Eu não quero a indulgência de ninguém. Isso é só mais um luxo. Parei um instante e meditei. Pensando bem, talvez seja exatamente isso o que a gente busca, quando escreve, uma justificação.

Joaquim pediu a conta e falou: Não acho que todo escritor tenha questões morais. Não as suas. Duvido que Henry Miller tivesse. Ou Jack Kerouac.

Pagamos e fomos em direção ao carro.

Já adivinho sobre o que é o roteiro. Sabe o que acho?, Madá perguntou. Falas sempre sobre as mesmas coisas. Precisas do nosso perdão? No teu lugar, faria mil coisas diferentes. Mas preciso de um tempo que não tenho. Ela parou e pensou um pouco: há tantas formas de se tornar relevante para alguém, para as pessoas. Às vezes, basta que a gente escute o outro, que ele saiba que pode contar com a gente. Por que tu não te perdoas? De um modo ou de outro, todo mundo merece ser feliz.

Eu escutei em silêncio. Mas merecer... isso já era um pouco demais. Eu era feliz e esse era o meu desespero. Então, continuei:

Passei a vida toda tentando me desembaraçar das coisas, para alcançar uma espécie de paz. Agora que consegui, não tenho nenhuma, mas deixa para lá.

Parece que você não suporta a própria liberdade, Joaquim disse. Acho que você se causa um sofrimento desnecessário como forma de compensar as alegrias da sua vida. Mas essas coisas não se compensam assim. E o problema é que as pessoas infelizes tornam as pessoas ao seu redor também infelizes.

Já no carro, Jojô disse, a gente passa muito tempo pensando nessas questões. Os consultórios de psicologia estão abarrotados com milhares de pessoas falando, todos os dias, o quão infelizes são. Nós nos tornamos um problema para nós mesmos, o que fazemos, pensamos, comemos, mesmo o que sentimos, enquanto o mundo segue como está. Acho que, em maior ou menor grau, para os que vivem bem, o cinismo é a condição de nossas vidas ou mesmo sua maior característica.

A atmosfera se tornou opressiva. Eu não gostava de ouvir a palavra "cinismo". Pensei comigo mesma, grande coisa se os consultórios estão lotados ou não, cada pessoa é um mundo, o centro do seu próprio mundo e é por isso que somos infelizes. Cada geração é construída sobre as ruínas das gerações anteriores e como poderia ser diferente? Vivemos sobre o legado de indivíduos infelizes que acreditaram que sempre poderiam mais, que poderiam se inventar e construir a vida à imagem de seus sonhos, mas, dia após dia, todos eles foram derrotados e agora vemos que esses sonhos não eram mais que o desejo de alcançar a felicidade e viver em paz, mas eles não sabiam como e só encontraram a miséria, a miséria dos próprios sonhos. Eu pensava em mim. E no meu pai. Pensava que, mesmo se eu fosse feliz, essa felicidade era terrível.

Fui em silêncio no carro enquanto os demais conversavam, emendando um assunto no outro. Eu olhava a noite em velocidade. Depois, no parapeito da varanda, o espaço vazio pesou sobre mim. Senti a escuridão e pensei no que estava fazendo da minha vida. Pensei que não estava fazendo nada. Estava desperdiçando-a. Ao me deitar na cama, disse em silêncio, "Deus, perdoe os meus erros, por favor" e tive vergonha.

Praia, manhã, desjejum. Melão, melancia, mamão e kiwi. Tapioca com ovo, bolo de fubá e café preto. Madá comeu mais que eu. Eu comi mais que Joana. E Joaquim não fez nenhuma conta. Como fizesse sol, ainda que com nuvens, descemos para o deck e abrimos as espreguiçadeiras. Joca montou o guarda-sol e ficamos lendo e conversando. Por volta do meio-dia, subimos, pegamos cerveja e voltamos. Conversamos e bebemos.

À noite, fomos comer em um restaurante do centro.

Na sexta-feira, foi aniversário de Madá. Antes do café, ela vestiu o seu biquíni vermelho, desceu a escada do píer e baixou nas águas, segurando-se no pilar de madeira. Deu vários mergulhos, sem se soltar da pilastra. Depois, passou à prainha da casa, descendo devagar sobre as pedras cheias de limo. Sentou-se sobre uma delas, onde a água alcançava-lhe a cintura. Eu senti um pouco de medo e lhe falei. Mas ela não se importou. Deitou-se devagar sobre as pedras e molhou novamente os cabelos. A água vinha e ela se deixava inundar inteira, com um sorriso radiante que contagiava a todos nós.

No café, Fátima tinha feito um bolo de aniversário. Nele, pusemos as velinhas e cantamos parabéns com os nossos pulmões cheios de ar. Passamos outro dia entre a varanda, o deck, quando estiou, e o jardim, aonde levamos cadeiras e os copos de vinho. Comemos, continuamos a beber, vimos o mar e os céus e lamentamos que, no dia seguinte, teríamos que retornar a São Paulo. À noite, fomos a mais um restaurante italiano.

Quando voltamos à Casa Vermelha, fui a meu quarto e peguei o notebook. Eu queria mostrar o pequeno roteiro que havia rascunhado nesses dias. Chamava-se "A queda". Coloquei o computador em cima da mesa de centro e pedi que os demais lessem e me dissessem se prestava ou se era matéria para o lixo.

ATO ÚNICO

Personagens:

MENINA, *vinte anos, em desespero sobre a ponte;*

O JOVEM, *menino de bicicleta, carrega uma sacola cheia de tintas e pincéis e está a caminho da aula de pintura;*

PASSANTES;

MULHER DE MEIA-IDADE;

FILHA DE MULHER DE MEIA-IDADE

Ponte da Torre, no Recife, às dez horas da manhã. Fluxo diminuto de carros. Um veículo, na faixa da direita, está parado junto à calçada, no meio da ponte. A porta do condutor está aberta. Uma mulher, aparentando vinte anos, está com os braços sobre o parapeito da balaustrada e olha alarmada de um lado para outro. Ela debruça o tronco sobre o arco e tenta passar uma perna. O jovem de bicicleta vê a menina, para e desmonta. Aproxima-se, segura-a e tenta dissuadi-la.

O JOVEM (tocando os braços da menina e tentando puxá-la do parapeito): Ei, o que você está fazendo? O que aconteceu? Não faz isso. Calma, vem cá, sai daí.

MENINA (muito nervosa, gagueja): Me dei-xa. Eles vão vir. Eu não posso continuar aqui. Eles vão vir.

O JOVEM (olhando ao redor, sem saber como reagir): Eles quem? Não importa. Você não pode fazer isso. Fica aqui um pouco, vamos sentar aqui no chão, conversar um pouco.

MENINA (se desvencilhando): Eles vão vir. Eles não vão gostar. Eu não posso continuar aqui.

O JOVEM (olhando ao redor, sem saber o que fazer, segura o braço da menina): Calma, vem cá, vamos conversar. Ninguém vai vir atrás de você agora. Vamos sentar.

Alguns passantes param e observam à pouca distância. Falam entre si. O jovem, com a bicicleta ainda em uma das mãos, olha ao redor, como buscasse ajuda. Um veículo para. Descem uma mulher de meia idade e a filha. Elas caminham até o local.

MULHER DE MEIA-IDADE (segura o braço da menina, o que leva o jovem da bicicleta a baixar o próprio braço): Calma, você precisa se acalmar, está sem condições de pensar assim. (Falando para a filha) Abra a porta do carro. (Virando-se para a menina) Venha comigo, vamos tomar uma água com açúcar, um café... Vamos àquele posto ali, na esquina (caminham, com resistência, até o carro).

O JOVEM (move-se em direção ao veículo, para no meio do caminho, medita): Vocês ainda precisam de mim? Não?

MULHER DE MEIA-IDADE (sem escutar propriamente, não olha para trás, acomoda a menina no carro): Nã-não...

O jovem sobe novamente na bicicleta, ajeita o material da sua sacola, começa a pedalar com relutância, olhando para trás. Depois para e observa atrás de si. Hesita. Desce da bicicleta, mas torna a montar e, dessa vez, pedala com velocidade. Inicia o monólogo.

O JOVEM: Deveria ter ficado para ajudar. Mas não poderia deixar a bicicleta no meio da ponte. Em alguns minutos, alguém com certeza a levaria embora. Além do mais, perderia a aula e a manhã. Não, eu não era mais necessário. Duas pessoas eram suficientes para resolver o problema. Mesmo assim, sinto que deveria ter ficado para ajudar. Sinto como uma flecha atravessando meu coração em direção à verdade. Deveria ter ficado. Esta é a verdade, a minha verdade, e agora nunca mais poderei me convencer do contrário. Nunca mais poderei saber o que se passou depois que fui embora. Não saberei quem era aquela menina, do que ela realmente tinha medo, quem esperava que viesse e por que ela tentou fazer o que fez, nem saberei quem eram as mulheres que a ajudaram. Ignorarei para sempre o destino dessas pessoas. Ignorarei, para sempre, se ainda precisavam ou não de mim. Meu Deus, o que eu sou? Alguém que não pode dispensar uma aula de pintura? Quantos minutos leva para uma pessoa tornar-se covarde? Menos, quantos segundos para o edifício das boas intenções desmoronar? Talvez eu não fosse mais necessário mesmo. Esse dia tão azul, fazia tanto calor no meio da ponte... Uma pessoa é aquilo que faz no intervalo dos seus sonhos. E o que eu fiz? Tornei-me alguém de gostos. Os fatos se apresentam e eu lhes digo "agora não, mais tarde talvez. Agora eu tenho aula". Uma aula que não mudará o mundo. Minha pintura jamais mudará o mundo e, no entanto, quão fundamental é para mim. É mesmo como um abcesso no fundo do meu corpo que sinto estancar apenas quando pinto. Fazia tanto sol... Agora estou só, com o mal-estar da minha consciência e esta dor. Mas de que adianta isso? Para alguns a dor é uma distinção. Pensem em Napoleão e sua úlcera eterna. A pose elegante, a mão sobre o estômago. Para outros, a dor é o que têm de melhor, como em um personagem de Beckett. Um homem sabe narrar todas as suas dores, mas não consegue lembrar a cor dos olhos de seu primeiro amor. De que me adianta esta consciência? Ela é apenas o refúgio dos delicados contra um mundo que não os compreende. Não, não é refúgio algum. É uma fuga. Antes víamos o sol, o trabalho das nossas mãos, o caminho dos nossos pés. Depois passamos a olhar para dentro, cada vez mais para dentro, sucumbimos em nosso próprio poço e esquecemos a realidade das coisas. Os gregos, que sabiam tudo, não distinguiam entre regras técnicas e morais. Eles não se perguntavam sobre o íntimo de uma pessoa, nem lhe perguntavam se *queria* fazer o que fez, se tinha consciência de seus atos ou de suas omissões. Édipo não perguntou se era culpado para furar os olhos. Mas tudo o que me resta é a minha consciência, culpada ou não, uma consciência que, durante muito tempo na história, não serviu para nada. E agora trocamos os restos das nossas divindades por esta consciência dividida, que se vê a si mesma e sente prazer nisso. Nós temos prazer em remoer nossas entranhas. Os nossos flagelos são nossas delícias. Assim sentimos que vivemos, que estamos existindo. Eu não vou sequer furar meus olhos. Apesar de tudo, me deitarei sobre a grama, o sol curvará seus raios sobre o meu rosto e ainda me restará uma sombra. Beberei vinho e todos os demônios do mundo não vão alterar o sabor nos meus lábios. Não há nada mais abjeto que a consciência de ser abjeto. Senhoras e senhores, perdoem-me, eu estou atrasado e sigo para a aula. Que a misericórdia de Deus não me poupe, faça favor.

Quando terminaram de ler, Jojô me perguntou se eu havia me inspirado livremente em Dostoiévski; Madá, se os fatos narrados haviam acontecido de verdade; e Joaquim, se era factível alguém pensar tudo isso após presenciar uma tentativa de suicídio.

Importa?, respondi-lhes. Diante da literatura, realidade e ficção se equivalem. Eu só quero saber se está bom.

Hm... hm..., foi o que eu ouvi. E começamos a jogar adedonha.

Na manhã do sábado, nós partimos logo cedo. Antes, porém, fomos à varanda e nos despedimos, com carinho, daquele mar que agora habitaria nossas recordações. No domingo, no fim da tarde, fizemos um almoço tardio em um restaurante de São Paulo. Quando as buzinas e fogos, no meio da rua, anunciaram o novo presidente eleito, Madá e Jojô viraram os rostos e choraram baixinho. Mas eu não consegui chorar. Não derramei nenhuma lágrima.

MINHA ADORÁVEL VIDA

I guess I just don´t know
Lou Reed em "Heroin"

Esta não é uma estória. É apenas a vida.
Alice Munro

Esta manhã, vi uma foto de minha avó materna, vovó Lena, com o meu avô. Eles estão no que acho ser o terraço da casa da granja – da casa que não é mais. Minha avó está suspensa dois dedos acima do chão por força do meu avô. Ela veste um vestido branco com listras verdes horizontais, que sobe acima dos seus joelhos. Vovô Antônio está na ponta dos pés e usa um calção de banho preto com losangos cinzas. Ele ri com os lábios apertados, olhando para a câmara. Seus cabelos estão eriçados pelo vento. Os cabelos da minha avó também. Ela usa óculos e o seu sorriso está aberto de uma ponta à outra do rosto. Ela não olha para a câmara, está de olhos fechados – como se tivesse sido pega de surpresa.

Nunca vi minha avó sorrir assim. É um sorriso de alegria e de surpresa. Talvez eu nunca a tenha visto sorrir assim, porque meu avô morreu antes de eu nascer. Mas não considero minha avó uma pessoa triste. Não. É apenas um pouco séria, preocupada com as coisas ao redor, circunspecta e educada. Minha mãe disse que a personalidade dela havia mudado muito com o Alzheimer. Antes Vovó era bem rígida. Por exemplo, ela forçava todos os filhos a encerarem o assoalho da casa com dois panos: um com cera branca, para passar na parte branca do assoalho; outro com cera neutra, para as partes coloridas. Era um trabalho cansativo e vovó vigiava-os com a cinta da panela de pressão. Eu não imagino minha avó batendo em nenhum filho. Todas as vezes em que brigamos, eu e minhas irmãs, na sua frente, ela ficava muito nervosa e houve uma vez em que até chorou. Nos últimos anos, com o aprofundamento da doença, não aguenta estar no mesmo ambiente que crianças – na verdade, não sai mais de casa –, porque se preocupa com a brincadeira delas, que considera perigosa, como se elas tivessem sido abandonadas pelos adultos ao perigo.

Ao ver a fotografia, ao mesmo tempo em que me encantei pelo sorriso que não conhecia da minha avó, me encantei pelo sorriso que não conhecia do meu avô. Nunca o conheci, claro, mas as coisas e os fatos contados por minha mãe me faziam achar que ele era um sujeito sério. Ele era militar da aeronáutica. Mas isso não define ninguém, claro.

Ao ver a fotografia, pensei que podemos perfeitamente amar as coisas e as pessoas que não conhecemos. Não conheci meu avô, nem minha avó nessa época. Um desejo do passado me tomou inteiramente. As pessoas que amamos, nós desejamos conhecê-las em outras épocas de suas vidas, as que não frequentamos, para encontrar uma alegria que hoje está perdida, soterrada, extinta.

*

Eu estava no sofá, deitada, com uma perna sobre a almofada; a outra perna esticada. Na minha mão esquerda, apoiado sobre o tórax, um livro; na mão direita, um lápis. Havia descido com Hermes, passeado no terreno baldio do prédio e jogado a bola para ele várias vezes. Havia subido, preparado o café. Agora eram dez e quinze. Levantei-me, corri ao banheiro, coloquei desodorante, uma roupa de ginástica, peguei a raquete, pus na mochila, a mochila nas costas e desci com a bicicleta para a rua. Tinha que estar no clube às dez e meia, para a aula de tênis. Cheguei lá muito rápido, tirei a raquete das costas e entrei na quadra.

Meia hora depois, fui à academia, não para malhar, mas para falar com Jojô. Era bom estar no ar-condicionado. Peguei um copo de água e fiquei ao lado dela. Falei que havia jogado mal. Ela pediu que me calasse e elevou as pernas ao ar. Depois pegamos as bicicletas. Pedalamos um trecho da Rosa e Silva, atravessamos o sinal e fomos na contramão da Santos Dumont. Passamos pela Praça Marcelino Champagnat, depois pelas costas do Colégio São Luís. Era a hora em que os estudantes entram para as aulas ou retornam às suas casas. Viramos à direita, no fim da Alberto Paiva, para cruzar para a Rui Barbosa. Eu deixei Jojô, que rumou para a Beira Rio, e segui pela Rua Amélia, virei na Rua do Cupim e voltei à casa.

Vovó Astrid, a minha avó de parte de pai, morava ali perto, na Doze de Outubro, no terceiro andar de um edifício caixão mal pintado de laranja. Eu nunca mais a tinha visto. Fazia muitos meses. Pensei nisso sem pensar propriamente. Uma ideia apenas passou por mim e foi embora.

*

Wittgenstein: "As passas podem ser o melhor de um bolo; mas um saco cheio de passas não é melhor do que um bolo; e quem estiver em condições de nos dar um saco de passas nem por isso pode fazer um bolo, quem dirá então fazer algo melhor. Penso em Kraus e nos seus aforismos, mas também em mim mesmo e nas minhas observações filosóficas. Um bolo não é o mesmo que uma mistura de passas."

Sim, tudo isso está correto, quem sou eu para discordar? Mas o essencial, para mim, é saber quando se *quer* um bolo ou apenas algumas passas. Algumas vezes, queremos mesmo um saco cheio de passas, que comemos até o enjoo. O essencial é conhecer a própria vontade e saber o que fazer com ela diante de todos os deveres e obrigações. Ou *apesar* deles. Ou conhecer a própria vontade e, em determinados casos, simplesmente desprezá-la. Não lhe pagar qualquer tributo. Às vezes, queremos carne; outras, ostras; e, por diversas vezes, não *devemos* ter nada disso, temos um compromisso e temos que correr. Foi sobre isso que pensei após uma temporada na praia.

*

Depois do clube, eu tomava banho, pegava meu computador e me mandava, com Hermes, para o apartamento da minha mãe. Almoçava com Jojô e passava a tarde trabalhando. Essa era a minha rotina, quando Jojô ainda morava no Recife. Quando ela foi morar em São Paulo, o tempo se alargou, eu raramente dirigia e enfrentava pouco o trânsito.

Eu gostava de morar nas Graças, de passear com Hermes pelas ruas sombreadas. Gostava das mangueiras, dos jasmins--manga e das buganvílias que recaiam sobre os muros de algumas casas. Por exemplo, a buganvília de flores rosas que cobria o muro de heras da Bruno Maia com a Rua do Cupim. Nas Graças, não havia só edifícios e mais edifícios, como em algumas partes da cidade. Havia casas, algum comércio, alguns serviços, um e outro bar, um e outro restaurante, um café e uma padaria que eu frequentava e as árvores na calçada. Transitava ali, no fim da tarde, prestando atenção nessas coisas, no tempo que fazia, que variava muito pouco no decorrer do ano, mas variava. A luz no inverno ou, melhor dizendo, nos meses de chuva, acabava lá pelas cinco horas; no verão, às seis. Eu sentia isso porque, sentada na mesa da sala, no apartamento, tinha que me levantar mais cedo para ligar a luz. Hermes também sentia, porque me importunava mais cedo com impaciência para ganhar as ruas.

Depois de dois anos percorrendo o mesmo trajeto com Hermes quase todos os dias, resolvi passar pela Rua das Graças, onde há uma igreja. Pensava, não raras vezes, em parar ali, em entrar, em me persignar e deixar que todas as questões rondando o meu coração fossem silenciadas por uma oração que eu não saberia fazer no meu quarto antes de dormir. Mas estava com o meu cão e a intenção nunca se realizava. Era por ali que ia à terapia, na terça de manhã, e por onde eu retornava e tinha os mesmos pensamentos da noite. Uma espiral de questões nunca resolvidas martelava na minha cabeça.

Se me perguntassem, diria que pensava sobre muitas e variadas coisas que talvez ocupassem ou escamoteassem um vazio anterior, o do meu coração. Eu não era uma pessoa triste. Tinha meus momentos. Eu era o único vulto que encontrava nos espelhos do meu apartamento, nas minhas tardes solitárias nas Graças. Muitas vezes, nos intervalos do lanche, debruçava--me no parapeito da varanda ou sentava-me no pequeno sofá, com uma tangerina ou uma maçã na mão, e contemplava o sol queimando no horizonte sobre o Espinheiro. Depois, à noite, eu descia com Hermes e ora ia para um lado do bairro, ora para outro. E tentava fazer desses caminhos, desses diminutos caminhos, a minha Combray, a minha Guermantes.

*

Nós alugamos uma casa no Patacho, quase à beira do mar. Gastamos quatro horas de carro e chegamos para o pôr do sol. A faixa de areia branca, no Patacho, é muito extensa. Quando o mar está seco, é preciso andar um bocado para que a água alcance o meio das canelas. As águas são quentes e o mar não tem ondas, apenas uma marolinha. Podemos nos deitar no meio do mar ou ficar boiando muito tempo de olhos fechados, até que os raios invadam nosso pensamento e ele fique brilhando como o sol. Um pensamento laranja e quente como o sol.

Nesses dias, antes de escurecer, caminhávamos na areia e comparávamos a luz nas praias do litoral sul do Nordeste à luz nas praias que conhecíamos no Sudeste. Parecia-nos que aqui a geografia quase plana das praias, ocupada, quando não por casas, por coqueirais mais ou menos vastos, permitia que o sol inundasse de dourado o mar e tudo que tocasse. O céu tinha aquela gradação do crepúsculo, como um fogo pálido e vivo, não tinha o cinza do clima serrano ou montanhoso. No Patacho, depois que passava o nicho das pousadas, a faixa de praia com coqueiral era muito extensa, podia seguir quilômetros sem ser interrompida e isso nos dava uma sensação de quase estarmos no paraíso. Depois da caminhada, jantávamos e víamos um filme.

Mas, nesses dias, uma agonia começou a me subir nas pernas e nos braços e não me deixava ficar parada. Essa agonia era uma velha conhecida e voltava na hora do sono, de tempos em tempos. Uma pulsão interna me fazia movimentar involuntariamente o corpo, por isso eu ficava andando pelos cômodos. Ia à cozinha, comia paçocas e Serenatas de Amor, voltava à sala ou retornava ao quarto em um circuito interminável durante a noite. Fazia calor na madrugada e eu me revirava na cama. Lá fora, pela porta de vidro, não se via nada, apenas o contorno das amendoeiras iluminado por uma luz fraca.

Eu tentava alongamentos e meditação. Colocava meus pés no lugar da cabeça e a cabeça no lugar dos pés. Pegava o celular, passava uma hora navegando nas redes, vendo só as imagens, sem ler nada, esperando que os meus olhos se fechassem de repente. Joaquim sempre dormia imperturbavelmente. Eu me sentava na beirada da cama e tinha vontade de chorar. Não sei quando adormecia e por quanto tempo. Os primeiros raios do sol me despertavam. Todas as noites foram assim.

*

Deixei a mochila sobre o banco, peguei a raquete e entrei no quadradinho. Às vezes, já dava para sentir, no esquente, se jogaria bem ou mal. Eu gritava "Lisa", "meu Deus do céu", "merda". Meu professor respondia "deixe Lisa em paz". Mas, às vezes, não sei que milagre fazia meu corpo obedecer ao ritmo da bola e eu entrava na única dança que conhecia. A das quadras. Quando acabava de bater, ia falar com Jojô na ginástica.

Em um desses dias, voltei sozinha de bicicleta para casa. Quando passei da Rosa e Silva à Santos Dumont, as árvores voltaram a ocupar as margens da rua. A minha bicicleta rasgou feliz o vento e o sol brilhava lá em cima, mas não sentia o calor de trinta graus da cidade. Fui pedalando e tricoteando as ruas adjacentes. Entrei na Alberto Paiva, passei pela frente da Graças Delicatéssen. Por um instante, que durou um latejar demorado na cabeça, pensei que deveria entrar. Não sei, talvez, eu pudesse fazer uma visita à minha avó Astrid. Se chegasse com algo nas mãos, um bolo, um doce qualquer, já era alguma coisa. Não precisaria inventar muitos assuntos. Poderia lhe dar o bolo, falar, por exemplo, sobre Madá, que morava no Rio, perguntar pelos meus primos.

Fui quase feliz no breve tempo em que me imaginei subindo ao apartamento da minha avó com um bolo na mão. Mas eu estava sem o cadeado da bicicleta, ou era outra coisa, não lembro, e resolvi adiar a visita para um outro dia que nunca aconteceu. Porém, enquanto seguia, fui fazendo pequenos planos. Já me imaginava participando de alguma alegria.

Antes disso, quando ainda morava em Brasília, minha mãe me ligou e disse, entre outras coisas, que vovó estava muito mal, estava parando de andar e logo não conseguiria descer as escadas do apartamento para o pátio. Ela vivia no primeiro andar e tinham que pedir ajuda ao porteiro para a descerem ao térreo. Não havia elevador no edifício. Minha mãe me disse que havia sugerido a meu pai que a colocassem em uma casa de repouso, mas era muito caro. Ao ouvir isto, apenas silenciei.

Quando voltei de Brasília, em um domingo, meu pai trouxe minha avó para almoçar conosco. Deu pena olhar para ela. Não conseguia colocar a comida na própria boca. Era uma cuidadora quem partia a carne, juntava com o arroz e, com uma colher, enfiava a mistura na boca dela. Vovó ainda conseguia falar. Poucas coisas, porém. Antes, ela tinha uma vitalidade incrível e eu me lembrava, anos atrás, dos polichinelos que fazia, para mostrar que continuava jovem e com vigor. Soube, nesse almoço, que a partir daquele momento vovó não conseguiria recuperar nunca mais o que havia perdido. Ela se tremia toda ao tentar segurar o talher. O médico havia dito que ela não tinha nada, mas ela definhava. Por quê, meu Deus, ninguém sabia.

Eu deixei para visitar minha avó outro dia. Arranjaria um intervalo entre dois compromissos e tentaria convencer Jojô a ir comigo. Mas isso nunca aconteceu.

Depois, houve um domingo à tarde em que, de volta da granja, eu e minhas irmãs fomos, com meu pai, visitar a minha avó. Alguns primos meus estavam lá. Minha avó estava deitada no quarto, o ar-condicionado estava ligado. Ela estava enrolada em vários lençóis e havia uma colcha no chão. Seus braços pareciam excessivamente flácidos. Tudo excessivamente frágil e penoso. O rosto de vovó estava amarelo e magro; os olhos fundos, com bolsas escurecidas. Um rosto magro e dolorido. Ou talvez fosse eu a imaginar a dor. Acho que, nessa ocasião, o seu pensamento já devia estar confuso. Mas posso estar enganada. Talvez soubesse muito bem o que lhe acontecia, talvez percebesse muito bem a penúria de si e de tudo ao redor.

*

Quando despertei, abri todas as janelas do quarto e deixei as portas abertas, que davam para o jardim e de onde se vislumbrava um pedaço de mar. Peguei o meu livro. Estava lendo um conto sobre um caçador que, em um estalo de compaixão, volta-se, em favor dos lobos, contra os homens e depois, em outro estalo de compaixão, percebe o absurdo de sua revolta e morre caçado. Avancei o primeiro parágrafo e parei. Levantei-me, fui ao banheiro e cortei minhas unhas. Voltei à cama. Percorri uma, duas linhas. Pus o livro sobre o tórax. Puxei uma cutícula, outra. Conferi a mão esquerda, virando as pontas dos dedos e as unhas. Hum. Depois, a direita. Puxei uma cutícula e outra. Fui ao banheiro, usei a serrinha e o alicate, lavei as mãos. Voltei à cama. Peguei o livro. Deixei-o de lado. Olhei para cima, para o mar, enquanto cutucava minhas unhas. Primeiro a direita, dedo por dedo. Depois a esquerda, dedo por dedo. Retomei a leitura; interrompi. A noite caía. Fui ao banheiro e cortei as unhas rentes à cabeça do dedo. No talo. Quando voltei a segurar o livro, uma dor fina subiu.

Depois do jantar, colocamos um filme na tevê. Eu estava em um sofá com Joca, Jojô e Pedro em outro. Um filme tranquilo. Começou nos meus braços. Levantei-os para o ar, estiquei-os. Alonguei-os para a direita e a esquerda. Depois as pernas. Mexi de um lado para o outro. Levantei-me, pus-me atrás do sofá. Dei uns passos para frente e para trás, em um vai-e-vem como se uma música tocasse. Fiquei valseando. Sentei-me, voltei a subir.

Quando fomos nos deitar, a agonia ainda não tinha passado. Voltei à sala e mordi pedaços de bombons. Fiquei andando pela sala, entre as cadeiras e as mesas. Jojô se juntou a mim. Ficamos passeando no cômodo. Coloquei um remédio na boca. Depois, outro. Agora vou voltar, disse a Jojô. Deitei-me na cama. Minhas pernas espicaçaram involuntariamente contra o ar. Fiquei em pé no quarto escuro. Nada para fazer. Joaquim dormia profundamente. Quase senti raiva. Revirei-me de uma ponta a outra na cama, trazendo o travesseiro comigo. Me pus de pé e pulei várias vezes. Se o sono passasse, a agonia iria embora. Seria melhor não tentar dormir de forma alguma. Não cair no abismo dos sonhos. Por que tanta resistência, meu Deus, pensei. Bem mais tarde me disse: este sentimento de ansiedade é mais feroz que o sentimento de vazio que eu posso ver por trás. Outro remédio dentro da boca. Mais outro. Quando veio o primeiro raio da manhã, senti ressaca.

Às dez e pouco, senti um enjoo na boca do estômago. Fazia vinte e oito graus, consultei no celular. Mas o abafado era tão grande que me sentia sob quarenta. Vou correr, disse. Que loucura, vais passar mal, Jojô respondeu. Não posso fazer mais nada, pensei. O problema de correr na praia era o sol perpendicular sobre a cabeça. Corri na rua atrás da casa mal sombreada por um ou outro coqueiro. Mas, pegando à direita, em direção à AL-408, havia um túnel verde no fim da ruazinha, antes da estrada. Aliviava uns cinco minutos, um sexto da corrida, calculei. Corri desejando parar. Depois de seis quilômetros, parei. Cheguei em casa, abri o chuveirão e deixei a água escorrer sobre meus cabelos e o rosto. Coloquei as pernas para cima, contra a parede do terraço. Meu corpo ensopava o chão de suor. Arrefeceu, eu pensei. Aquela sensação. Depois, fui ao mar e tomei cerveja.

Vamos admitir que temos um espírito, algo distinto do corpo. O sintoma mais evidente de que o temos é este: que ele se ocupa de questões insignificantes. Se não o tivéssemos, que nome daríamos à nossa incompreensão de tantas coisas, as visíveis e as invisíveis? E, se o temos, não o temos justamente para isso? Um espírito saciado nesta terra, que compreende não poder compreender de todo e se contenta, não é um espírito. É apenas um corpo feliz.

*

No último fim do ano em que vi minha avó paterna, ela estava na enfermaria do Hospital dos Servidores do Estado. Eu fui com meu pai. As camas dos pacientes, na enfermaria, eram separadas por cortinas de pano. O ar-condicionado exalava um cheiro enjoativo, um cheiro de doença. O ambiente estava claro demais e, ao mesmo tempo, soturno, pesado. Os hospitais sempre são terríveis, mas há alguns mais terríveis que outros. Tive vontade de ir embora. Minha tia Beatriz estava lá. Minha avó falou pouco. E, à pergunta da minha tia, teve dificuldade de citar os nomes dos seus filhos.

Depois de uns dias, minha avó saiu do hospital. Ela veio a morrer meses depois, no seu apartamento, de uma embolia pulmonar. Eu estava na casa da minha mãe e almoçava com Jojô. Quando o celular tocou, acho que já sabia a notícia, já a esperava. Jojô chorou muito. Achei que ela fosse passar mal. Eu não chorei. Não consegui. Tive vergonha. Levantei-me da mesa e andei de um lado para outro. Apreensiva. Mas não sabia se era com a notícia ou porque meu rosto não estampava nenhuma lágrima. Ceça, que trabalhava lá, me disse para ficar calma. Quando ela falou isso, achei curioso, porque eu não estava nervosa. Só aparentava estar nervosa. Acho que eu andava para disfarçar a confusão em que estava. Minha avó tinha existido e agora não existia mais e eu só sentia um vazio.

Quando meu pai chegou em casa, eu o abracei, então pude chorar. Eu nunca o abraçava. Mas, quando o vi, senti que deveria fazer isso. Ele colocou a mão nos olhos, tentando esconder as lágrimas. Eu fiquei constrangida. Não falei nada. O que havia para falar? Que sentia muito, isso era óbvio. Senti-me, de novo, envergonhada, porque não tinha palavras para a ocasião. Também não tinha coragem de dizer qualquer coisa que o fizesse sofrer menos. Eu deveria ter dito "pai, meu pai". Mas não disse nada.

No dia do enterro, a manhã estava cinza e caía uma chuva fina. Caminhamos pelas vias do Cemitério de Santo Amaro e nossos pés ficaram molhados. Quando chegamos no local indicado, o coveiro abriu uma cavidade em um paredão. Depois ele, com a ajuda de meu pai e outros homens, içou o caixão e o enfiou na cavidade aberta. Por fim, fez uma mistura com cimento e selou a entrada. Fui embora com minhas irmãs e minha mãe. Meu pai ficou para resolver questões administrativas.

*

No último dia na praia, fomos à foz do Rio Tatuamunha, onde ele se encontra com o mar. No fim do dia, o sol desce fulgindo sobre os coqueiros, abre um incêndio calmo no céu e ilumina uma estrada amarela no rastro das águas.

À noite, fomos ao restaurante de uma pousada que servia ao ar livre, sob uma vasta amendoeira. Bebemos várias caipiroscas, comemos frutos do mar e fomos servidos de mel de engenho com queijo coalho e sorvete de tapioca. No caminho de volta, na estradinha para a casa onde estávamos, o nosso carro subitamente parou. Deixou atravessar dois animaizinhos. Abrimos os vidros. Eram duas raposas-do-campo. Ao atravessar, elas pararam na margem e ficaram nos olhando. Depois de alguns metros, uma outra raposa cruzou o nosso caminho. Elas pareciam nos interpelar sobre o porquê de nosso encontro. Na realidade, não são elas que verdadeiramente nos interpelam. Elas nos dão a ocasião de refletir sobre fatos aparentemente sem nenhum sentido em nossas vidas, acontecimentos belos e felizes diante da realidade muda e estrangeira das coisas.

*

Um dia, uma bela noite, após a temporada de praia, quis dormir e dormi. A agonia passou por inteiro, sem que tivesse jamais sabido por que e de que maneira. Nesses dias, também sem razão aparente, pensei muito em minha avó paterna e lembrei que meu pai, há muitos anos, me contara que não havia chorado quando soube da morte da sua avó. Mas, semanas depois, no meio de um bar, enquanto bebia cerveja, desatou a chorar.

Agora lembro que, meses depois da morte de vovó Astrid, eu estava de bicicleta na Av. Rui Barbosa, na esquina do São Luís. Mais uma vez, voltava do clube. Algo me fez parar naquele momento. Fazia sol e calor. O céu estava azul, só recortado aqui e ali por nuvens. Os carros seguiam em velocidade. Desci da bicicleta, encostei-a no muro e peguei meu celular. Escrevi uma mensagem para A., "eu acho que matei a minha avó. Se ela tivesse tido o meu amor, talvez as coisas teriam sido diferentes". E A. me respondeu misteriosamente, "você finalmente encontrou o Outro".

Existem coisas absolutas que nos ocorrem e não podemos alterá-las de modo algum. Os nossos sentimentos, quando ocorrem, são absolutos, embora, um segundo depois, possam ser diferentes. Mas, quando os sentimos, não podemos mudá-los. Podemos fingir que nada aconteceu. Podemos dar razões e tentar nos dissuadir do contrário. Tudo isso é em vão. Quando sentimos, sentimos verdadeiramente e, então, estamos perdidos. Nada poderá apagar o que sentimos no momento em que sentimos. Não podemos criar o amor, assim como não podemos extinguir a nossa culpa jamais. Mas vivemos como se nos tivéssemos perdoado, como se nos perdoássemos o tempo todo.

DEGRADAÇÃO

Quando Jojô me ligou, contei a história e disse "isso vai ser uma chaga na minha vida". Repeti "isso vai ser minha chaga, já é uma chaga, mas não mortal". Mas ela apenas retrucou que eu precisava fazer o que precisava fazer.

Descemos os degraus da moralidade e, quando vemos, algo foi morto. Uma imagem que ligávamos a nosso ser. Perder essa imagem é ter amputado algo de nós mesmos, embora isso possa significar também descer de um pedestal e entrar com o corpo todo no mundo.

Para mim, ser uma pessoa boa significa *agir* como uma pessoa boa. Não bastam os sentimentos ou as intenções, isso já se sabe à exaustão. Aquela frase de Byron, "a mim basta-me a consciência", é apenas algo romântico. Se todos vivêssemos apenas nas nossas consciências, a situação era outra. Vivemos no mundo. Isso significa uma realidade de coisas e seres, de aparências e de ação, pois ninguém consegue demover uma montanha ou abrir uma porta apenas com consciência e fé – eis tudo. Talvez nosso mal-estar geral, porque vivemos um imenso mal-estar, seja o sintoma disso, de pessoas que criam um mundo interno que rapidamente se solapa ao contato do mundo real.

É irrelevante perguntar o que é ser bom para entender o que escrevo nesta história. Embora em abstrato isso possa constituir uma grande questão, há situações em que sabemos, porque o sentimos de imediato, o que devemos fazer para agir certo ou mesmo quais sentimentos devemos ou deveríamos ter para com um determinado indivíduo. Mas não se pode mudar os sentimentos como quem troca uma camisa. Eles apenas acontecem. Podemos esconder, maquiar, sufocá-los. Mas eles estão lá. No meu caso, meu coração me dizia o que eu deveria fazer e a sentença caiu sobre mim como uma pedra em um poço. Mas, desde logo, soube o início da minha corrupção, soube que, não importava o que fizesse, não poderia me livrar do meu desejo de me ver *livre* da situação que se impunha. Eu sabia que ao fim, na culminação de tudo, na coroação dos meus desejos e do enjoo que sentia de tudo, ao fim, eu sabia como iria agir. Sabia que agiria mal.

Era uma sexta-feira de maio, fim de tarde na granja. Chovia, estiava e chovia novamente. Joaquim havia saído para passear com Hermes. Quando voltou, disse que havia achado um cachorro machucado ao pé da cerca, em frente à casa 04. O cão parecia morto. Eu me levantei da cadeira de trabalho e fomos ao local. Anoitecia e chuviscava. Eu me aproximei do cachorrinho. Acocorei-me a uma distância de uma mão apenas. Ele não se movia. Tinha os olhos quase fechados e estava fraco e magro. Era todo marrom-caramelo, de porte médio, parecido com os vira-latas que vemos pelas ruas e estradas daqui. Estiquei a mão e toquei a sua cabeça imóvel. Estava rígida, mas sem forças para reagir. Com a lanterna do celular, constatei que as pontas das suas orelhas sangravam, o focinho estava um pouco descarnado e a pata, de tal modo arranjada, que pensei estivesse fraturada. Devia ter sido abandonado, porque tinha uma coleira no pescoço.

Retornamos à casa, pegamos água e ração e colocamos ao alcance do cachorro, que bebeu e comeu tudo sem se mover do lugar. Apenas deslocou as mandíbulas. Ele não conseguia dar um passo. Tínhamos medo de movê-lo e levantá-lo, porque não sabíamos se estava ou não vacinado, se estava com alguma doença e se havia fraturado algum osso. Mas começou a chover mais forte. A imagem do cão inválido sob a chuva, ao pé da cerca, era desoladora. O cãozinho estava abandonado a uma inexistente sorte e não levantava os olhos nem sequer para nos olhar. Dava para ver que sofria e se resignava com esse sofrimento, pois não tinha forças de nos pedir nada. Nós tentamos improvisar um abrigo, colocando cadeiras de plástico sobre ele, para impedir que a água o ensopasse. Mas era inútil. A grama já estava encharcada .

Então Joaquim enrolou uns panos no braço, para evitar uma eventual mordida, cobriu o cão com uma rede e o tomou nos braços e o levamos ao pavilhão situado na área comum, onde estava seco. Improvisamos uma cama, colocamos água e ração bem próximo do animal, que, na realidade, era uma cadela, e aguardamos um pouco ao seu lado, alisando-a e dizendo palavras de conforto. Pelo seu estado, não sabíamos nem se sobreviveria à noite. Mas pusemos um anteparo, impedindo que fugisse, embora isso fosse quase impossível.

Quando amanheceu, retornei ao pavilhão apenas para constatar a mesma situação da noite. Um pouco mais tarde, chegou o veterinário. Ele deu soro, analgésico, anti-inflamatório e umas vitaminas ao animal, que, finalmente, havia conseguido levantar a cabeça e nos olhar com um olhar triste e acuado, mas não sem uma esperança escondida. Ao fim da consulta, João me disse que a cadela devia estar infectada e, ao meu questionamento, apenas respondeu que usasse repelente para evitar os mosquitos contaminados. Depois abriu o receituário e me perguntou o nome da cachorra, o que me surpreendeu. A cachorra não era minha, nem eu desejava isso. Mas, para resolver um problema prático, chamei-lhe Baleia.

Antes de partir, João me falou que o laboratório, situado em Minas Gerais, deveria, em tantos dias úteis, encaminhar o resultado dos exames.

Eu e Joca colocamos Baleia em um carrinho de mão e a levamos para a antiga casa do morador, que ficava após todas as casas dos condôminos, próxima da cocheira, em uma área não alcançada pela vista imediata, pois se situava depois de uma declividade do terreno. A casa estava abandonada há muitos anos, portanto, estava suja, sem nenhum móvel, cheia de cupins, palhas de ninhos de pássaros e fezes de morcegos e sapos por todos os lados. Apesar disso, podia constituir um abrigo quase ideal para a situação que se descortinava, já que estava longe do alcance imediato das pessoas e de, como percebi nos dias seguintes, de sua raiva, medo e incompreensão. No terraço, apenas coberto de poeira do campo, depusemos a rede e Baleia, que passou a habitar esse espaço, solta.

Nos dias seguintes, calcei minhas galochas, pus uma calça antiga, um casaco, repelente por todo o corpo e desci, três vezes ao dia, para lhe dar remédios e comida. No começo, não demonstrou grande afeto por mim, não ia ao meu encontro, não ficava ao meu lado, nem queria os meus carinhos. Ao contrário, sempre ficava acuada e, quando terminava de comer, distanciava-se. Mas notei que era apenas por medo. No fundo, sabia que se alegrava com minha visita, porque, de longe, via o seu rabo subir e descer quando me avistava.

Em uma dessas vezes, ao retornar para minha casa, em um caminho que passava por todas as demais casas dos condôminos, meu primo disse que eu estava sendo louca, porque, se a cadela estivesse mesmo doente, essa doença poderia nos matar. Sorri desajeitada e lhe perguntei o que eu poderia fazer, mas não parei para escutar e continuei o meu trajeto sem me interromper. Mais à frente, meu tio me viu e falou que os outros animais do condomínio estavam em risco. Levantei os ombros, olhei-o, com um olhar mais de raiva que de espanto, e lhe perguntei o que ele esperava que fizesse, pois a cadela estava dentro da propriedade quando a havia encontrado e, portanto, não oferecia mais riscos agora que antes – e segui o meu caminho.

Um dia, logo no início de tudo, chegando à casa do morador, não encontrei Baleia. Entrei nos aposentos vazios e no banheiro, mas ela não estava lá. Eu me surpreendi. Baleia estava solta, mas não pensei que tivesse forças para fugir. Aonde iria naquele estado? Olhei nos arredores e segui meu caminho de volta. Quando avistei o rapaz do jardim, eu o questionei e ele disse que tinha visto a cadela mancando perto da cerca e que ela tinha ido embora pelo mato. Nessa ocasião, um sentimento ambíguo me tomou, um sentimento de pena e alívio ao mesmo tempo. Apesar de tudo, não queria me pôr em risco, pôr os demais em risco, por um cão que não era meu. No mesmo dia, porém, quando saí para correr no fim da tarde, passei pela casa do morador, entrei e encontrei Baleia deitada no banheiro sujo. Então tudo recomeçou: a comida, os remédios e todos os desejos e sentimentos conflitantes.

Tinha ficado claro para mim que Baleia estava doente mesmo e não apenas machucada. Suas orelhas e várias outras partes do corpo sangravam e não cicatrizavam. Os exames ainda não haviam saído, mas liguei para João mais uma vez e esperei que ele me confortasse, dizendo-me o que eu deveria fazer. Mas era óbvio que ele não me diria o que *talvez* eu quisesse escutar, que a única opção seria sacrificar o animal. De fato, não me disse, apenas me aconselhou que prendesse a cachorra e aguardasse os resultados.

Os dias se seguiram. Eu sabia que ninguém aceitaria uma cachorra infectada no condomínio, nem eu mesma *desejava* realmente isso, mas também não queria o contrário, o seu abandono ou o seu sacrifício. Isso eu repudiava com quase todo o meu ser e esse repúdio *parcial* já era o início de um asco para comigo mesma, pois como poderia ceder a esse impulso contra a vida de um animal que me olhara e sofrera diante de mim?

O fato de Baleia ter me olhado como me olhava, enquanto eu lhe dava remédios e mais remédios, com um desamparo quase infinito e, no entanto, sem me pedir nada, apenas ofertando um olhar de pobreza e miséria, o fato de estar indefesa e necessitar de mim, tudo isto tornou meu coração cativo. E, às palavras do meu primo, "deixe que ela siga o próprio caminho", isto é, "vá embora", a essas palavras ou às palavras da minha mãe, "o que você pretende com isso, onde isso vai dar?", eu não poderia ceder, embora dentro tivesse vários desejos, desejos ambíguos e nefastos.

Quando o resultado saiu, não me espantei. Não existia cura para a doença, mas um tratamento de melhora clínica, um tratamento caro e que durava toda a vida do animal. Eu teria de submeter a questão ao grupo dos condôminos, mas o resultado eu já antecipava. De fato, todos, com exceção de um, foram contra a permanência de Baleia no condomínio, mesmo eu lhes dizendo que o risco seria controlável, se lhe desse os remédios corretos. Mas isso eu sabia que não acontecia de imediato e defendia minha posição com ardor, embora por dentro vacilasse.

A questão se resumia a eutanasiar o animal ou a tratá-lo e, como ninguém, por inércia, providenciou a eutanásia de Baleia, continuei o tratamento. No entanto, lembro-me de que, um dia depois, minha mãe me ligou, falou do risco para a minha saúde e eu apenas disse "certo, providencie tudo, eu pago". Apesar disto, agendei para dali a dois dias a visita do veterinário especializado. Aconteceu então de uma impossibilidade na agenda do médico da eutanásia, naqueles dias, ter preservado a vida de Baleia, que permaneceu na casa do morador, a despeito do protesto de todos.

Todos os dias, eu vestia galochas e casacos para dar os remédios lá embaixo. Pegava um atalho por trás das casas, para que não me vissem, e, assim, não me vendo ou vendo Baleia, deixaram que uma semana inteira se passasse. Mas o fato era impossível de ser ignorado, porque afinal as pessoas se deslocavam no condomínio e, vez ou outra, encontravam-me com Baleia na casa do morador. Meu tio, em uma dessas ocasiões, perguntou-me, com muita raiva, se eu não tinha nenhum outro trabalho para fazer e respondi que não podia fazer nada a não ser isso, pois a cachorra caíra doente dentro da propriedade, ao que ele retrucou que eu a deveria ter empurrado para o outro lado da cerca. Eu sabia que estava se esgotando o meu tempo com Baleia e cogitei, com Joca, transferi-la para minha casa, a da minha mãe, na verdade, onde morávamos, porque então ninguém poderia ir contra o *meu* cachorro e invadir a *minha* casa, que era, na verdade, a da minha mãe.

Mas, em primeiro lugar, eu tinha medo de colocar um animal infectado na minha casa. Fora isso, a casa era da minha mãe, que se opôs desde o início à mudança de Baleia. Esses dois fatores tornavam quase impossível a sua permanência no condomínio. Portanto, podia-se dizer que eu não tinha opção. Logo não havia dilema que abrisse um inferno moral em mim e me condenasse desde sempre. Não havia *escolha* a ser feita. Baleia não podia ficar onde estava.

Narramos pensando dizer a verdade, mas há sempre a suspeita de que haja no fundo mais verdade por escavar e isso é inesgotável. Sempre se pode criar mais uma camada de narrativa. Isso não a torna relativa, apenas demonstra a complexidade de se manter fiel a si mesmo e à narrativa dos fatos, demonstra também a complexidade entre viver algo e narrar esse algo, que de certa forma transforma-se em outra coisa, em palavras, quando é contado.

Embora aparentemente eu não tivesse escolha, espraiava-se em mim a suspeita de que poderia ir contra a minha mãe, poderia mudar sua opinião, revelando-lhe todos os meus temores morais, todo o meu sentido de vida, a necessidade que tinha de agir segundo um sentimento de correção inelutável, ainda que os meus desejos fossem ambíguos e contraditórios. Por conta desses desejos, que foram a minha derrocada moral, justamente por eles, não fiz toda uma tempestade de emoções para minha mãe, que, talvez, não suportasse, não me desse ouvidos, pois já tinha tantos problemas e emoções próprias com que lidar, que simplesmente poderia ter me recusado qualquer esperança de plano. Mas isso nunca saberei de fato. Nunca saberei, porque não abri meu abismo moral para minha mãe, não só por covardia, mas também para a poupar, o que torna tudo ainda mais difícil de ponderar, de aquilatar. No entanto, a suspeita de que poderia ter sido diferente, caso eu tivesse dado esse passo a mais, embora eu não pudesse de modo algum, foi mais um degrau na minha degradação, o início de uma corrupção que se tornou, ao fim, total.

Depois do último episódio com meu tio, estava se consolidando a impossibilidade de Baleia ficar comigo. Enquanto contava a Joca o que tinha acontecido, ele me perguntou o que eu sugeria fazermos, porque, no condomínio, ela não poderia permanecer, o que eu sugeria, alugar uma casa, na cidade, apenas para ficarmos com Baleia? Respondi que não, não achava razoável procurar um apartamento apenas por causa disso. Sabia, porém, que, se me decidisse, Joca me acompanharia aonde fosse, embora ele não desejasse se mudar. No entanto, isso, essa possibilidade de eu me mudar, embora não fosse razoável, mas a razoabilidade e a razão não podiam nada contra o meu sentimento de dever para com um animal que me *amava* e de quem me sentia cativa, fez com que, uma vez mais, um inferno moral se abrisse, pois me parecia fora de dúvida que eu tinha *outra* opção, embora não razoável.

Quando se aproximou mais um fim de semana, quando todos os condôminos retornariam à granja, senti que não poderia mais adiar a situação, não poderia ir, mais uma vez, contra todos, senti que não tinha força para suportar novos confrontos. Então, liguei para João e disse que não dava mais, perguntei se não poderia me ajudar, arrumar alguém que ficasse com a cachorra, eu pagaria qualquer coisa e, para minha surpresa, ele me respondeu que talvez tivesse alguém em mente e me deu o número de Tânia.

Quando Jojô me ligou, não parei de repetir que toda a situação constituía uma chaga moral, minha chaga moral, porque como poderia me livrar de um problema transferindo-o para outra pessoa, alguém que não tinha sequer as vantagens de uma vida como a minha, alguém que se poria em risco e eu, eu não poderia? O ponto, Jojô me disse, era que isso estava *me consumindo e me enlouquecendo* e não havia alternativa viável à que se apresentava, pois a casa não era minha, eu vivia em um condomínio e as pessoas já tinham feito sua cabeça. Eu sei, respondi, mas você percebe a chaga, a minha chaga? Há uma pessoa, neste mundo, que se dispôs a ficar com a cachorra e eu não pude fazer isso. Eu sei, Jojô disse, e desligamos.

Depois, quando consegui falar com Tânia, ela me disse que era estudante de veterinária, trabalhava em um petshop e tinha uma casa em Paudalho que fazia de abrigo temporário para cães, onde morava com mais cinco cachorros e alguns gatos. Ela poderia receber Baleia, mas eu continuaria como responsável, o que significava que eu pagaria um valor por mês e todos os demais gastos do animal. Eu estava em uma situação tão violenta, a violência das minhas próprias emoções, que teria aceitado qualquer coisa.

Em uma noite de sexta-feira, no final de maio, eu e Joca levamos Baleia e todos os seus remédios até a Rua do Rio Preto e voltamos sós no carro. Quando estava indo embora, me abaixei, toquei-lhe a cabeça e disse "Baleinha, você vai ficar bem, alguém vai cuidar de você melhor que eu" e saí com o coração apertado.

Nos dias e meses que se seguiram, Tânia me passava pelo telefone notícias, fotos e relatórios de Baleia, eu lhe transferia o dinheiro e falava, vez ou outra, com os veterinários, até que ela mesma assumiu essa interlocução. Depois, às fotos e às notícias eu passei a responder menos e o vínculo que eu tinha com Baleia, à míngua de não a ver, foi se esgarçando.

Não sei explicar, mas todas aquelas mensagens, fotos, notícias, relatórios, dia após dia, no celular, com outras dezenas de mensagens de outras pessoas, foram deixando-me enjoada da situação, de ter que responder e mesmo fingir me interessar. Não conseguia mais ver o meu papel nessa história, a não ser como provedora de dinheiro. Não era mais Baleia quem me olhava com um olhar dócil, desamparado e quase suplicante, embora nunca tivesse me pedido nada, mas uma tela de celular que, à força de tanto ver, doía-me a cabeça e eu desejava apenas jogá-la longe e não abrir uma só mensagem mais.

Por certo, sabia que Tânia estava apenas fazendo o seu trabalho e, quando eu parava e refletia a respeito, conseguia ver o excesso dos meus maus sentimentos e dos meus desejos nefastos de me desembaraçar de tudo. Quando refletia, a montanha de coisas que sentia sobre mim desfazia-se como um mau tempo à chegada do sol. Nessas ocasiões, eu via quão ilusória era toda a minha estafa e enjoo, que eles não tinham razão real de ser e deveriam ser afastados como que por uma ascese da alma e da reflexão, em vez de me penitenciar por eles, somando esse flagelo de penitência a toda outra sorte de flagelos que encontrava no mundo e, portanto, em mim. Pois, nessa época, era como se tudo me tocasse e permanecesse gravado definitivamente como uma ferida.

No entanto, se me perguntassem o que constituía esse tudo, quais eram os seus nomes secretos não pronunciados, eu apenas calaria. E a percepção também disso e da minha falta de jeito para lidar com coisas práticas e manejáveis que outras pessoas, em condições menos favoráveis, tinham *necessariamente* de lidar, me golpeava mais forte. Pois compreendia que apenas não lidava com elas porque não tinha *necessariamente* de lidar e todas as questões que se abriam no meu espírito, questões em que eu me enredava, eram apenas nós de uma corda que eu mesma tecia com o material de uma liberdade absurda e vã, porque sem nenhum propósito.

Em uma terça-feira de junho, mais ou menos um mês após Baleia ter saído dos meus cuidados, Matias, meu primo, veio supervisionar uma obra no condomínio e ficou para almoçar comigo. Como me viu grudada à tela do celular e suspirando, me questionou e eu, com um sorriso sem graça, repeti-lhe a história já conhecida. Então ele reiterou o que me vinha dizendo há dias e dias, eu deveria parar com isso, dar um basta, porque, como esse, havia milhares e milhares de animais doentes abandonados, não mudava absolutamente nada todo o meu cuidado com Baleia, se existiam milhares de outras no mundo; mesmo na estrada ao redor do condomínio, devia haver muitos outros cães desamparados e, além disso, todo o dinheiro destinado a esse tratamento caríssimo poderia ser melhor empregado ajudando várias outras vidas, vidas mais dignas, *racionais*, e era preciso encarar as coisas friamente.

O que eu posso fazer, respondi, toda essa situação era uma fatalidade e agora não mais podia ignorar, embora eu soubesse que ignorava toda outra sorte de problemas do mundo, e isso sim também constituía mais um problema, mas, no caso de Baleia, não me auxiliava um argumento utilitarista, pois, se fosse assim, ninguém poderia ajudar ninguém apenas por compaixão, pois a efetividade dessa ajuda seria questionável em relação aos números; o fato é que os indivíduos, inclusive os animais, possuíam uma dignidade própria, a dignidade de indivíduo, não importando se os demais estavam ou não em uma situação melhor ou pior; talvez isso importasse para os cálculos do governo, mas não para mim. Ainda mais, essa questão da racionalidade é absurda. Em primeiro lugar, uma pessoa louca, desprovida de razão, não possui dignidade para ser ajudada?; em segundo lugar, a razão que ele propalava não era um critério universalmente válido para decidir quem deveria viver ou não, pois em nome dessa mesma razão as maiores atrocidades foram cometidas no mundo e de um modo muito mais calculado e portanto muito mais atroz; em terceiro, por que eu deveria elevar a razão humana como critério sobre todas as coisas, sendo que foi isso mesmo que nos havia levado a essa situação terrível em que nos encontrávamos, com as pessoas se achando donas da Terra, como se ela existisse apenas para nos servir, para se submeter, mas era justamente isto que nos conduzia ao nosso imenso mal-estar e à catástrofe do planeta?

Ao ouvir isso, Matias me perguntou se, de acordo com o que eu havia falado, uma barata possuía a mesma dignidade, ou mesmo uma galinha, que um cachorro e um homem, parecia-lhe óbvio que não, inclusive para mim, porque eu matava baratas e comia galinhas e não os demais, assim era óbvio que existia uma hierarquia no mundo e o meu pensamento simplesmente era incoerente com minhas ações; além disso, mesmo que eu destinasse dinheiro para outros casos, esse dinheiro dado à cuidadora seria muito mais importante para outros fins muito mais relevantes, de acordo com a mesma hierarquia com a qual eu concordava sem dúvida alguma. Mais ainda, ele me disse, sua moral é mesmo muito frágil, porque esse caso a deixa completamente abalada, quando, se isso acontecesse comigo, eu não me disporia a cuidar de uma animal caído no condomínio e isso não abalaria *em nada* minha moral, porque tenho mil coisas para fazer, contas a pagar, não tenho nem tempo para pensar nisso, e minha moral seguiria incólume, não posso cuidar de todos os fatos absurdos do mundo.

Na realidade, quando eu punha as coisas em perspectiva, dentro da moldura maior do mundo, o problema reduzia-se a ponto de parecer despido de qualquer relevância. Quando eu falava com outras pessoas a respeito, à força de tanto falar, o problema parecia ínfimo, desinteressante e ninguém mais o queria ouvir. Toda a violência que tinha, toda a violência moral, passou a uma mera banalidade e um incômodo trivial, cotidiano. Saindo de uma aura quase sagrada com que eu o havia imantado, o problema trivializava-se, como se, passando pelos diversos fatos da vida, não pudesse esperar senão isso, uma rarefação, uma rarefação de tudo, de todos os problemas. Porque, repetidos à exaustão, todos os fatos e os problemas decorrentes desses fatos perdiam sua importância, deixavam de sensibilizar tanto, de comover, se nós mesmos não nos dispuséssemos para eles, alimentando-lhes a fogueira com a lenha do nosso entendimento e dever moral.

Se o leitor me permite uma comparação rude, quando eu, partindo do problema, colocava o mundo inteiro em questão e em perspectiva, era como se eu, que até então apenas tinha aberto a porta da geladeira para escolher entre geleia ou queijo, agora tivesse adentrado na Casa dos Frios e fosse descortinando muitas outras opções e elas eram tão vastas, que a minha vontade se perdia, eu não sabia identificar mais o que queria, e a minha cabeça começava a latejar tanto, que dava as costas e voltava à minha casa sem nada, sem ter mais nem vontade de comer geleia, queijo ou qualquer outra coisa.

Assim, ocorria sempre um movimento pendular de eterno retorno. De insignificante, a questão podia passar à magnitude de algo crucial, de cuja sobrevivência dependia minha própria sobrevivência. Quando, no meu quarto, sozinha ou com Hermes pela granja, meditava sobre a questão, ela, no início, era algo imóvel, perpétuo e forte que ocupava todo o meu ser, afastando-me para um deserto onde habitávamos só eu e ela e tudo o mais era apenas não essencial. Mas, já no fim do passeio ou da minha reflexão no quarto, à força de tanto pensar, tudo ruía, não conseguia sustentar o pensamento e ele se tornava uma ninharia.

Uma ninharia foi o que deixei que os dias e o tempo fizessem com toda uma questão da minha vida.

Em uma madrugada do início de julho, lembro-me de que acordei sobressaltada e dei graças por compreender que havia passado apenas por um pesadelo. Voltei a dormir. Quando veio a manhã, não recordei o sonho da noite e o dia transcorreu até que, no fim da tarde, enquanto caminhava com Hermes, um morcego passou tão próximo à minha cabeça que algo me veio à memória. A imagem do sonho retornava. Eu estava ali mesmo, mas era manhã. Não havia conseguido desviar do morcego, que, batendo contra minha cabeça, tinha grudado nela, em toda a extensão do meu rosto. Senti que ele devorava meus olhos e, quando consegui afastá-lo de mim, eu não via mais nada. O mais curioso do sonho, no entanto, foi a sensação posterior de *déjà vu*, pois, enquanto eu caminhava naquele momento, com Hermes, tinha a sensação de que a cova dos meus olhos afundava sob algum peso, como se um morcego ou, melhor, uma aranha enorme estivesse empurrando-os para baixo e devorando-os. Esse peso nos olhos, na cova dos meus olhos, era como eu me lembrava do tempo, não tão distante, de quando estivera com Baleia.

É noite e escrevo. A janela verde do meu quarto está aberta. Entram os sons do campo, o coaxar do sapo, o zunido das cigarras, grilos e animais desconhecidos, o latido de cachorros do outro lado da estrada. Sobre mim, uma luminária em formato de meia-lua, não completamente hermética, acopla-se a três pinos do teto e ilumina o ambiente. À noite, a luz confunde os insetos, desviando-os de sua rota, e os atrai para o quarto. Marimbondos, pequenas e grandes mariposas, percevejos e formigas de asas voam de encontro ao vidro, passam algum tempo tentando penetrá-lo até que, pela fresta entre o teto e a meia-lua, atingem o objetivo. Eles ficam lá, zanzando um bocado ao redor da lâmpada. Enfastiam-se, queimam-se ou desistem. Alguns conseguem sair. É sempre assim se deixo a janela aberta com a luminária acesa. Às vezes, levanto-me da cama, fico em pé sobre o colchão e desacoplo a meia-lua, libertando os pobres insetos pela janela. Mas alguns não estão mais vivos. Percebem, então, o que estou dizendo? Viver é quase sempre uma destruição.

No final de outubro, na véspera de entrar em férias, enquanto finalizava algumas pendências do trabalho e arrumava as malas para São Paulo, ao notar várias mensagens na tela do celular, falando sobre novos exames, a necessidade de falar com o veterinário e comprar outros remédios, simplesmente ignorei. Eu tinha muito medo de viajar de avião, ficava nervosa dias antes da viagem. Com essa desculpa, era muito fácil ignorar o que eu quisesse.

À noite, tomei um rivotril, como sempre fazia na véspera da ida aos aeroportos, e passei a responder às últimas mensagens do trabalho, avisei aos meus amigos que estava de partida e deixei algumas instruções com a minha equipe sobre meus processos. Minha mãe me ligou, perguntou a que horas seria o embarque, se eu queria que ela me levasse ao aeroporto e desejou por fim boa viagem. Tomei banho, coloquei o pijama, dei uma mordida em um pedaço de chocolate e fiquei conversando com Joca, enquanto arrumava minha nécessaire e fechava a mala. Já estava entrando sob as cobertas da cama, quando levantei o celular da mesinha de cabeceira, para ver as horas, e surgiu na tela o nome de Tânia entre as notificações. Então eu soube o que queria fazer e faria. Sentei-me à beirada da cama, abri o aplicativo do banco, transferi uma soma de dinheiro para Tânia e bloqueei seu número definitivamente.

A MORTE DA AVÓ

PARTE I

O jeito resignado, sem qualquer acusação, quase tranquilo e sorridente, com que o moço da calçada aceitou as desculpas de vovó, após levar um banho de água acumulada no meio-fio da Rua Padre de Anchieta, enquanto ela dava ré na Paraty verde, conduzindo-nos à casa em um dia chuvoso no Recife;

o seu rosto bondoso, os óculos de aro dourado e circular, os cabelos grisalhos, curtos e em volutas, como uma coroa angelical que a desculpava, de antemão, por ainda dirigir depois dos setenta com um início de Alzheimer e um leve torcicolo que a impedia de ver os ângulos necessários para uma marcha a ré sem danos;

o tropeço no meu sapato, quando, após ligar o forno micro-ondas para degelar o pote de 2l de sorvete de flocos da Kibon, afastou-se rapidamente, tentando evitar o alcance das ondas eletromagnéticas contra o marcapasso no seu peito em algum dia das férias escolares de julho, na cozinha da Av. Agamenon Magalhães, n. 2860;

o dia em que vovó chorou, por desespero e impotência, porque brigávamos as três, eu, Joana e Madalena, com murros e chutes, sobre a cama de casal, no quarto do meio do seu apartamento, para onde minha mãe nos havia mandado após ter passado por uma cirurgia e estar obrigada ao repouso médico;

encostada na cadeira de balanço, com o controle em uma mão e a caderneta de anotações em outra, lendo o paspasso a passo de como mudar os canais da tevê por assinatura recém-instalada;

em pé, apoiada sobre o móvel de madeira paralelo à mesa da sala de jantar, sobre o qual repousava o telefone amarelo com o disco de rodar sobre os dígitos, consultando, no seu caderninho azul, os recados de quem havia ligado durante a manhã e à tarde, quando ainda podia se resguardar contra a fuga da memória recente do dia, enquanto eu e as minhas irmãs tomávamos canja de galinha sentadas à mesa;

sentada na cadeira da escrivaninha do seu quarto, enquanto abria a gaveta e retirava dez reais para o táxi que me levou ao tênis, no Sport Clube do Recife, no dia em que o carro estava quebrado, ou tinha outro compromisso, ou não era nada disso e o dinheiro era para o sorvete, o raro dinheiro que me deu em uma tarde perdida na minha memória;

essas imagens se referem a momentos do início da minha segunda década de vida, quando, após o colégio ou nas férias, se não estivéssemos na granja, ainda vivíamos eu e minhas irmãs na casa de vovó e ela ainda não havia sucumbido à marcha irreversível, lenta e dolorosa de apagamento de suas lembranças, que começou pelo fim, pelas últimas coisas vividas e retrocedeu até o início da sua vida, deixando apenas um rastro de luz e sombras onde brilhava intermitentemente a figura ou o vulto de sua mãe, de seu marido morto e, dentre todos nós, os vivos, a filha que foi morar com ela, Tetê.

Ao contrário de vovó, não tenho dificuldade de recordar os fatos mais recentes, os anos antecedentes à sua morte, o modo como falava "agradecida" por tudo, ou a raiva infantil quando lhe recusavam um pedaço a mais de bolo ou quando lhe servi uma fatia exígua na sobremesa, como se a privasse de um direito. Eu quase a consigo ver, suas roupas, o casaco azul ou o suéter branco, as meias longas e beges que usava mesmo no dia mais quente do ano, seu frio eterno, os cabelos coroados por um diadema rosa ou marrom, os traços sem jeito do seu rosto, quando lhe presenteávamos e se surpreendia por não compreender o motivo do presente, mesmo o mais reles, um livro de colorir, um lápis hidrocor.

Essas imagens flutuam sem muita dificuldade na minha cabeça e posso me demorar mais ou menos nelas, avançar, retroceder, fazer delas um filme de um ou vários instantes, ter o meu cinema único e pessoal. Mas, se tento voltar mais atrás no passado, os fatos não estão à minha espera. Eles se retraem para um refúgio de onde talvez nunca mais voltem, onde o apelo do meu espírito tomba como um fantasma à luz crua do dia. O que me resta, quando vasculho o antes, o tempo em que minha avó apenas esquecia as coisas, quando *isto* ainda não tinha nome, é uma planura sem resistência, como um campo extenso sem flores, árvores e pássaros, um campo vazio. Mas não chega sequer a ser um lugar. Não tem extensão ou dimensão. Não posso percorrê-lo, não posso me perder nele. O que me resta são imagens desbotadas que, a cada aparecimento, sofrem o desgaste de serem lembradas, portanto transfiguradas e manipuladas por um espírito incansável que deseja e não pode ter mais.

As imagens do meu passado mais longevo com vovó, as que permaneceram na memória voluntária e podem ser ainda invocadas, embora arduamente; as imagens do seu rosto em determinado dia, de como estava vestida, do modo como falou comigo ou eu a vi entre dois momentos para sempre perdidos; essas imagens que surgem e se preservam inexplicavelmente, sem importância a ser intuída, mesmo banais; cuja aparição não guarda uma história própria; um momento e nada mais, como um refulgir, uma vibração ou um estalo; essas imagens são como uma licença de algum deus para sua morada, aonde vamos quando saímos do presente e de onde podemos fugir e levar o seu fogo, como um Prometeu talvez impune, com uma sensação de escape e roubo, uma sensação de roubar o que não mais nos pertence, de um mundo que pereceu, e levá-lo a um mundo que por enquanto ainda resiste.

Mas não ficamos nunca impunes do nosso ato. O que se roubou se transforma no trânsito incessante entre a nossa memória e a imaginação, no trânsito perene entre criação e destruição e o que remanesce. Quando ressurge dos escombros, já é uma outra sorte de coisas e não podemos nunca ter certeza, não teremos nunca certeza daquilo que realmente foi.

Era por volta das oito horas de uma manhã no início de julho. O céu estava nublado, mas não chovia. Um vento fresco corria por entre as palmeiras. Fazia quase frio. Eu e Hermes descemos para a nossa caminhada. Baixamos pela escada de pedras até as seringueiras. Hermes correu adiante. Passei pelas árvores de pau-brasil, contornei as casas e subi até os lotes vazios do condomínio, em meio dos quais um enorme formigueiro despontava. A superfície vermelha de barro elevava-se na planura, permeada por tufos de mato que se distinguiam da grama ao redor. Enquanto Hermes passeava livremente, dei por mim acocorada sobre a colônia de formigas, acompanhando o trajeto imperturbável das operárias rumo ao pequeno buraco aberto no solo.

O tempo continuava nublado e fresco. Eu adorava esses dias de julho que consentiam com certa passividade. Dias indulgentes que quase perdoavam uma falta de vontade de existir, quase desculpavam estar a um canto, lendo e nada mais. Concentrei-me na marcha dos insetos, acompanhei, com os olhos, o seu percurso. Um pensamento me ocorreu. Será que essas formigas, que eu sempre encontrava infatigáveis em seus caminhos, alguma vez se sentiam cansadas e desejavam tombar a um lado e morrer? Esses seres diminutos, cujas vidas seguiam fora de qualquer consideração pessoal, podiam constatar-se, de alguma forma, exauridos e desejar estar à parte, aguardando o fim? Certamente, se um deles caísse doente, os demais, à presença desse evento, comportavam-se segundo o influxo de mais ou menos feromônio no ambiente. Traçavam uma nova rota e desviavam do corpo maculado, retornando à colônia. Era o mais provável.

Ainda acocorada, dei alguns passos adiante, tentando seguir a trilha das formigas aberta em meio à grama. Com o meu dedo polegar e o indicador, capturei uma delas com cuidado para não a esmagar e a pus longe das demais, em um movimento rápido que atrapalhou por um instante a rota do grupo. Mas a formiga apartada ficou zanzando, de um lado para outro, entre os filetes de grama. Eu a acompanhei, mas logo me aborreci e deixei que minha vista se afastasse. Ponderei se o seu organismo apenas respondia ao sinal de que estava perdido ou se porventura ele se *sentia* realmente perdido, se alguma espécie de estremecimento ou *terror* agitava as suas patinhas ou se tudo isso, mesmo o imprevisível que acabara de ocorrer, provocava apenas um comportamento executado por determinações filogenéticas.

Mesmo nesse último caso, continuei, se essa formiga não achasse o caminho de volta para a colônia, como se desenrolaria sua vida de animalzinho privado de uma ocupação, entre os seus pares, até o fim? Deveria haver uma resposta programada em seu organismo, em seu mínimo sistema nervoso, para essa situação. Mas haveria respostas, até o infinito, para as mais diversas situações, para as situações mais inusitadas que poderiam ser concebidas, diante de mil e uma complexidades criadas ou constatadas, ou essas complexidades não reverberariam dentro de si, seriam simplesmente ignoradas em seu sistema cego ao entorno mais nefasto onde se encontrasse? Poderia vir a acontecer que essa formiga sentisse não apenas dor ou desconforto, mas o *terror* de estar perdida até o fim dos seus dias? Fui tomada de uma compaixão tremenda por essas formigas, pelo mato que esmagava com minhas botas e mesmo pelos urubus que se acomodavam nos galhos do jenipapeiro, à minha direita. Uma compaixão que se alastrou mesmo pelo meu corpo, voltando-se para mim. Afinal, todos nós que estávamos ali sofríamos *de alguma forma* e, por esse fato, éramos dignos de pena, éramos por isso irmanados.

Senti que meus calcanhares doíam. Estiquei as pernas, levantei-me. Subi os olhos e percorri os arredores. Depois da cerca, havia o açude, mais à frente, o pasto, os cavalos dos meus primos e bois esparsos e, mais adiante, algumas poucas casas e sítios no caminho de Matriz da Luz e Santa Rosa. Depois, começava o canavial. Cana e mais cana até perder de vista. Colocando as coisas à distância, era impossível sentir o seu sofrimento. Algo acontecia, uma sensação de que uma coisa e outra e mais outra estavam interligadas, uma sensação de que um certo tipo de coerência as abrigava e as ultrapassava. A cana, o vento, as casas, os pássaros em voo no alto. Mas não a mim. Eu era apenas uma falta ali. Nesse campo, eu era o que faltava e não faltava nada. Eu era uma falta em mim. Era como se eu, à semelhança das formigas, fosse também um ser exíguo, quase transparente neste mundo que não dava por mim, e eu apenas podia constatar minha existência porque meu corpo era um obstáculo, ainda que minúsculo, à passagem do vento. Eu o podia sentir contra o meu corpo e era apenas isso que me garantia estar viva.

Chamei por Hermes. Ele veio até mim e caminhamos adiante mais um pouco, até a casa do morador e os limites do condomínio, que davam para o estábulo. Acenei para o cuidador dos cavalos. Hermes latiu. Depois iniciamos o percurso de volta à casa. Estava na hora de trabalhar. Fazia quatro meses que vovó havia morrido e, no entanto, pouca coisa havia mudado. Me lembrei do que Jojô repetira antes de embarcar de volta ao Rio. Ela disse: um ciclo da minha vida se fecha. Vim para o enterro de Tia Rosa, permaneci e, agora que vovó morreu, retorno. Para ela, essas partidas estavam associadas a um deslocamento de espaço e podiam constituir a síntese e o símbolo de um período da sua vida. Para mim, isso era menos evidente. Eu não sabia sequer se sofria, se eu *realmente* sofria e havia aprendido a me comportar como estivesse tudo bem, algo que fazemos intuitivamente, depois de uma perda, na presença dos outros, da nossa família, para que a nossa própria dor não se some à dor real do outro, a dor de também ele ter perdido alguém. Ao menos, na minha casa sempre foi assim. Nós estávamos de luto nos nossos próprios corpos e não em comunhão. Só no limite, quando não aguentávamos mais as idas ao banheiro, para chorar baixinho, chorávamos em conjunto, nos abraçávamos, porque não conseguíamos mais conter toda a repressão da dor. Não queríamos ser apenas um corpo doendo à luz do dia e nada mais.

Se constatávamos, porém, um sinal mais evidente de luto no rosto da nossa mãe, dizíamos, entre nós, "mainha está sofrendo muito" e isso já era algo que se acrescia à nossa dor e, à percepção disso, desses nossos murmúrios, minha mãe agia tentando dissimular todo o seu sofrimento, mas não conseguia, e uma dor, no espelho de outra dor, se potencializava até o infinito. E o que restava de nós naquele momento? Éramos como fantasmas tentando esconder o rosto, apagar o peso da própria voz.

Estávamos sobre o viaduto da Abdias de Carvalho, no engarrafamento. Eram cinco e pouco da tarde. No som do carro, tocava Sufjan Stevens, alguma música do Carrie & Lowell. À nossa frente e atrás, pilhas e pilhas de carros. Movíamo-nos bem devagar. O viaduto vibrava ou mesmo balançava. Eu havia aprendido que esse movimento tinha a ver com a ressonância e que era normal, do contrário, as pontes desabariam. Eu odiava sentir essa oscilação e tentava não pensar em *mais* uma coisa. O sol se espraiava vermelho no horizonte, desde o Oeste e os raios incidiam bem nos nossos olhos. Lembro que pensei no sol vermelho e vasto se pondo, na BR-232 que se estendia e serpenteava adiante, na música tocando e no retorno, pensei por que estava voltando, bem naquela hora, para a granja.

Quando ainda estávamos na Real da Torre, depois de sair do apartamento da minha mãe, eu disse, deixa nessa música, adoro esse cara. Não conhecia aquele álbum e Matias me explicou que Carrie era a mãe de Stevens, que havia morrido em 2012, e Lowel, o padrasto. A mãe tinha abandonado o filho quando ele tinha um ano e reapareceu em alguns verões e ocasiões de que as músicas falavam, mas o padrasto continuou a cuidar dele. No dia seguinte, mais ou menos na mesma hora, me deitei no tapete da sala do apartamento, pus o computador em cima da mesinha de centro e escutei, incontáveis vezes, *death with dignity*, tentando pensar ou sentir nada, apenas o *be near me tired old mare* vibrando nos meus ouvidos. Esse *tired old mare* parecia me dizer alguma coisa, representava algo daqueles dias. Afinal, eu tinha me consolado no cansaço, não no meu, mas no de vovó.

Por que eu estava sobre o viaduto, voltando para a granja? Por que voltava justo àquela hora e não havia me demorado mais? Não sabia dizer exatamente, mas a primeira coisa que pensei foi: deixei os pratos na pia, preciso lavar a louça. De tudo que vinha ao caso no momento, e havia muitas coisas em questão, só conseguia pensar nos pratos sujos, na casa desorganizada e aberta. Foram eles que me impeliram a voltar antes de a noite cair. As janelas abertas. Também elas. Os bichos que talvez entrassem pelas janelas. As jias, as aranhas caranguejeiras, as víboras.

Naquele dia, mais cedo, eu estava só na casa da granja com Hermes. Joaquim tinha ido para a cidade trabalhar no escritório, e eu preparava meu almoço, tilápia com batatas inglesas. Matias apareceu lá em casa e perguntou se podia almoçar comigo. A gente arrumou a mesa da varanda e, animada pela companhia, abri uma Heineken e dividi com ele. Eu estava quase feliz. Estava bebendo uma cerveja na hora do almoço, em um dia de semana que não me prometera nada de especial, apenas mais uma tarde solitária e meditativa, mas agora eu estava ali, conversando trivialidades e bebendo. Talvez tivesse aberto mais outra cerveja, conversado mais um pouco e, para culminar, preparado um café curto.

Mas nada disso se realizou. Não havíamos ainda terminado de comer e, desde a varanda da sua casa, Tia Beth veio gritando, com a mão direita sobre o coração, mamãe está partindo, e pediu que a levasse à cidade. Por um breve segundo, passou pela minha mente que havíamos bebido e seria ilícito pegar o volante, ela, ademais, tinha carro próprio, eu não conseguia entender por que o havia emprestado à sua filha, se morava em Moreno e estávamos todos imersos naquelas circunstâncias, naqueles dias de um fim já aguardado. Mas isso mal surgiu, logo se dissipou. Sua mãe era a minha avó e, mais cedo ou mais tarde, eu esperava aquela notícia. Mas nunca sabemos quando realmente vai acontecer. Morrer é uma coisa muito longa. Às vezes.

Nesse mesmo dia, cedo pela manhã, vovó havia saído do hospital, onde havia passado mais de um mês, primeiro na UTI, logo em seguida no quarto. No princípio, sofremos pelo câncer, que não se concretizou, depois, pelo Alzheimer, cujo remédio, pensavam, poderia causar, muitos anos depois do seu início, a paralisia de um órgão. Agora que haviam interrompido a medicação, apenas poderíamos aguardar um final triste na cama, naquele estágio em que o doente se recolhe à posição fetal. Mas também não era o remédio. Muitas conjecturas houve. Mas, impedidos de realizar exames mais invasivos, em decorrência da idade de vovó, aceitamos a explicação do médico da família, segundo quem estávamos testemunhando o fim da vida. Era isso. Digo, era *tudo* isso. O fim da vida, certo. Ou errado.

Não conseguimos outra explicação plausível. As taxas de vovó estavam boas, os exames de sangue não acusavam nenhuma anormalidade. Mas ela não conseguia mais deglutir, não conseguia defecar e a febre surgia vez ou outra. As suas pernas, então, já não esticavam completamente e vestiram-lhe meias massageadoras, para aliviar a dor do travamento. Havia dias em que não falava nada, ficava com os olhos fechados e murmurava ou gritava a sua dor. Mas havia dias bons em que alguma das filhas ou de seus netos, os que a visitavam, testemunhava uma e outra palavra de vovó, suas reclamações ou os seus elogios àquele "hotel" muito agradável. Mas, já no dia seguinte, não podíamos constatar nenhum progresso. Subitamente ela voltava para o interior, para um espaço em que não conseguíamos entrar, apesar de todos nossos gestos e palavras, das nossas evocações, da nossa vontade de que ficasse mais um pouco entre nós.

Na última quinta-feira que passou no Hospital Português, eu e Jojô fomos visitá-la. Estacionamos no edifício garagem e fomos caminhando até o edifício principal, onde havia também uma pequena cafeteria. Compramos um pão de queijo e um bolo para a cuidadora e subimos no elevador. Quando chegamos ao quarto 10c, encontramos vovó sentada na poltrona, coberta com uma manta. Ela estava dormindo havia algumas horas, mas Veridiana disse que tinham conversado bastante no café da manhã. Isso me surpreendeu um pouco e cheguei mesmo a duvidar dessa conversa, porque minha mãe havia ido no dia anterior e vovó não dissera nada. Jojô e eu nos sentamos ao seu lado. Não havia muita coisa para fazer. A tevê estava ligada. Baixamos o volume e tentamos falar alguma coisa, como quem conversa sem esperar ser ouvido. Depois, trocamos algumas impressões sobre os últimos dias, ficamos em uma conversa à toa com Veridiana, mas estava claro que vovó não iria acordar ou mesmo pronunciar qualquer palavra se porventura abrisse os olhos. De qualquer forma, colocamos, no celular, umas músicas de Roberto Carlos, que vovó adorava e cujas letras sabia decoradas. Tocou ainda um Frank Sinatra e Glenn Miller, dos tempos em que vovô ainda era vivo.

De vez em quando, diminuía a música e me dirigia à vovó tentando descobrir coisas ternas para lhe dizer, coisas que a pudessem interessar embora já não estivéssemos compartilhando o mesmo mundo. Mesmo antes, quando ainda nada disso havia acontecido, podíamos dividir o mesmo espaço, mas o seu tempo, se era um tempo o que ela habitava e não apenas um amálgama confuso de tempos indistintos, de fatos que ocorreram um dia e eternamente retornavam fora de lugar, o seu tempo não era o meu ou o nosso. Talvez por conta disso, mas não apenas disso, era muito difícil saber o que lhe dizer. Era o mais difícil de tudo, eu achava, saber pronunciar as palavras corretas que a trouxesse, ou me levasse, ou nos levasse a compartilhar o *mesmo* momento. Por isso, quase sempre que a visitava, levava-lhe revistas e livros, mesmo que compreendesse pouco ou mesmo não os compreendesse. Mas ela lia cada linha, repetia cada linha inúmeras vezes e isso a deixava entretida em algum lugar que não o seu interior, onde o passado, já alterado ou apagado, não tinha caminho de transição para o presente e onde o presente, tão logo vivido ou presenciado, era como uma fagulha que havia escapado. Se hoje eu paro e me detenho para compreender o que ela vivia ou o que presenciava, penso que só estava mesmo conosco em algumas intermitências do tempo, em intervalos mais ou menos extensos, por minutos, às vezes, intervalos a que retornava, embora o tempo seguisse o seu ininterrupto curso, o tempo dos demais, daqueles para quem os dias e as horas significam algo *real*, quase palpável, e, então, se desejávamos estar com ela nisso que ela vivia, tínhamos de nos repetir, voltar sempre às nossas palavras iniciais e vivermos aquele instante condenados a não avançar, a ficar presos em um tempo que era o de seu interior, apartado de tudo o mais.

Eu me dirigi à vovó. Disse-lhe do tempo que fazia fora do hospital, de Joana, que morava no Rio e estava aqui só para a ver, falei-lhe do seu Rio amado, do bairro de Botafogo e do Catete, onde havia morado. Depois perguntei o que achava do Recife, em qual das duas cidades tinha preferido afinal viver, se ela sentia falta da Avenida Agamenon Magalhães, do barulho dos carros que passavam por ali, se não estava cansada daquele hospital e não preferia voltar logo ao apartamento, tendo, para isso, de acordar e se mostrar bem. Jojô também experimentou um monólogo. Vovó não emitia um só ruído. Depois de um tempo em silêncio, olhando as paredes e as janelas, elevei, mais uma vez, a minha voz e tentei fazê-la falar. Eu lhe disse, deve estar muito bom aí onde você está, vó, deve estar sonhando com vovô Antônio e todo os seus familiares, no maior bem-bom, mas, me diga, por favor, está mesmo bom aí? Foi então que ela me respondeu "tá", em alto e bom som, e não falou mais nada durante toda a manhã em que estivemos no hospital.

Quando, finalmente, os sinais vitais se estabilizaram no hospital, e isso significava dois dias inteiros sem febre, o médico lhe deu alta para ir ao apartamento, acompanhada pela equipe e o aparato do *home care*. Não esperávamos mais nenhuma grande recuperação. Isso era obviamente impossível. A família apenas desejava que deixasse o hospital e voltasse à dignidade da sua casa, das suas coisas e da sua rotina, embora nada fosse ser como antes. Ninguém aguentava mais estar no hospital, naquele ar-condicionado que os doentes respiravam, onde havia doentes por todas as partes, onde abríamos e fechávamos portas incessantemente, chamando por enfermeiras, fisioterapeutas, médicos e notícias médicas. Voltar à casa significava, em primeiro lugar, sair do hospital e, somente depois, significava os dias que nos *restavam* com vovó ou, quem sabe, mesmo meses de um certo alívio, de um certo conforto de estar *em casa*.

Mas, então, no percurso ao apartamento, houve sucessivos erros da empresa do *home care* e vovó chegou à casa tendo broncoaspirado, algo que só foi percebido algumas horas mais tarde, quando Adriana foi visitá-la e percebeu a respiração difícil e entrecortada. A despeito de todo o empenho para se reverter a situação, para sugar dos pulmões os corpos estranhos, mesmo após um sucesso parcial, mais erros sucederam. A despeito do empenho das filhas, das ameaças contra a empresa do *home care*, faltou oxigênio e morfina e então todos os que estavam lá sabiam que estava ocorrendo a *via crucis* de vovó. Os que estavam lá logo compreenderam que a situação era gravíssima e irreversível e que vovó sofria inapelavelmente, compreenderam que não havia remédio para o que acontecia. Acontecia o fim. Mas o fato final e definitivo depende de um tempo não apreensível, depende do tempo de Deus ou o tempo do corpo, de o corpo aceitar sua luta perdida e entregar-se ao cansaço total, o coração parar de bater, o oxigênio faltar aos órgãos e cessar todo movimento respiratório. Mas isso não acontece logo.

O coração tem um ritmo próprio, um ritmo divergente mesmo da falência dos outros órgãos, e para ou não para de bater segundo uma determinação que nos escapa por completo, pode-se mesmo dizer, segundo uma determinação individual alheia ao nosso apelo humanitário, ao apelo da própria alma, que deseja ir, partir, abandonar o corpo. À vista de todo o estertor, do difícil e doloroso *processo* de o corpo tornar ao inanimado, diante da dor terrível de quem parte, de quem está partindo, é tacitamente ao coração que apelamos quando dizemos silenciosamente "pare, por favor". E o dizemos não apenas por nós, porque é terrível testemunhar um processo já quase meramente fisiológico de interrupção natural da vida, mas por aquele que morre, porque isso lhe é doloroso, ou parece ser extremamente doloroso, mesmo sem a consciência, mesmo sob o influxo de jatos de morfina. Então há o momento súbito em que a morte, como *evento*, sucede e nada pode determinar quando isso ocorrerá, quando um corpo se converte em matéria apenas, como as pedras ou os troncos cortados das árvores.

Quando chegamos ao Recife, deixamos logo Tia Beth no apartamento da Agamenon, onde estavam as demais filhas de vovó, a cuidadora, a enfermeira do *home care* e Adriana, e fomos eu, Hermes e Matias à casa da minha mãe, aguardar notícias e ficar com Jojô. Não pensamos em ficar lá no apartamento de vovó, porque não seríamos de utilidade alguma, ao contrário, iríamos aumentar a ansiedade e o desconforto com nossas perguntas, com nossa inabilidade para fazer qualquer coisa, nossa falta de experiência diante da morte. Mas também não tínhamos nada que fazer com Jojô. Havíamos cumprido nossa missão de trazer a filha para junto da mãe e não sabíamos se esperávamos na cidade por mais pílulas de notícias inúteis, que já não diziam mais nada, era apenas *isto*, a situação era gravíssima, nada havia mudado, de nada nos adiantaria saber, minuto a minuto, o estado nefasto de vovó, ou se retornávamos à granja, com a pilha de pratos sujos do almoço na pia por lavar, com as janelas a serem fechadas.

Ponderei que, se ficasse mais um tempo na cidade, poderia ir à noite, talvez com o ambiente mais calmo, à casa de vovó, para a ver ainda uma última vez, mas, naquele momento, mesmo minha mãe tinha me desaconselhado a ir lá, porque já havia muita gente no apartamento e vovó estava sem consciência, respirando com muita dificuldade, dava para escutar o estertor e era algo horrível de ver. Mas não havia nada realmente que me impedisse de ir lá, se fosse esse o meu desejo. Matias me pediu apenas que decidisse logo, porque ele queria voltar para granja e esse estado de coisas poderia perdurar muito tempo, dias, semanas, como acontecera com seu avô, no ano passado, mas, se eu quisesse mesmo, ele me esperaria, o essencial era decidir, ao invés de ficar reabrindo a questão mil vezes, se íamos ou ficávamos, porque isso só tornava tudo pior.

Eu não sabia o que fazer. Ponderava muitas questões, porque, se vovó morresse naquele dia mesmo, eu só a veria outra vez no velório, dentro do caixão. Ao mesmo tempo, a última vez que a vi, na quinta-feira, ela estava calma, com o rosto quase feliz, apaziguado, e esta era a imagem que queria guardar comigo. Naquela quinta, eu sabia que ela poderia vir a morrer, claro, mas ela não estava morrendo de fato e inelutavelmente, embora essa situação fosse difícil de precisar e distinguir. Naquela quinta, porém, eu já havia me despedido dela, eu a olhara, ao sair, como quem olha alguém pela última vez, fiz isso quase naturalmente, embora com pesar, porque afinal o pior poderia acontecer, ela poderia morrer subitamente, ou nem tão subitamente assim, considerando todas as circunstâncias em que se encontrava. Então na quinta, sim, eu já me havia despedido dela e estava como que desobrigada a me despedir outra vez, naquele momento cheio de condições terríveis, com todo aquele barulho no apartamento, o barulho da sua respiração difícil e entrecortada, o seu corpo degradado, com o balão de oxigênio sobre ele.

Minha mãe já me havia dito, se quiser vir, se desejar vir, venha, mas as coisas estão bem feias. Eu não queria importunar mais, porque ela não poderia me dizer o que eu queria escutar, que vovó morreria em tal momento e, portanto, eu poderia me preparar para esse momento, eu poderia, por exemplo, deixar os pratos de casa lavados, fechar as portas e janelas da casa da granja e me encaminhar ao momento de despedida tendo efetivamente me preparado para isso. Não, isso ela não me diria, seria mesmo inútil perguntar-lhe se vovó morreria naquele dia, naquela noite, se eu poderia voltar à granja, se eu tinha tempo de fazer as minhas coisas, mesmo sem saber que coisas eram essas ou ponderar sua real importância para mim. Mesmo assim, liguei mais uma vez, apenas para escutar a voz de alguém, a voz da minha mãe, que me desobrigasse a ir de fato ao apartamento, embora nada efetivamente me obrigasse, apenas a voz sub-reptícia e mais íntima da minha consciência, que parecia se debater entre lavar os pratos e ir ver a minha avó uma última vez.

Quando mainha atendeu o celular, à minha pergunta ela respondeu, claro, volte para a granja, não pegue a estrada à noite, amanhã você vem, se quiser, fique calma. Isso foi o que ela me disse e, movida por essas palavras compreensivas e por um desejo inexplicável de retornar, de lavar os malditos pratos e dar ração para Hermes, nós entramos no carro e fomos escutando, no caminho, Sufjan Stevens até o nosso destino. Quando estávamos na Abdias de Carvalho, um pouco antes do viaduto, mainha me ligou, perguntou onde eu estava e se podíamos levar Tia Beth conosco, mas já estávamos longe. Nesse momento, cruzou-me o espírito a sensação de que fizera certo ao retornar para a granja. Se Tia Beth também estava voltando, era um sinal de que vovó não morreria logo, de que havia tempo, mesmo dias ou semanas, como Matias me falava, de me despedir apropriadamente e não com pressa de voltar logo para a granja. Mas, ao permanecermos sobre o viaduto, no trânsito, com o sol vermelho invadindo os meus olhos e a BR-232 se estendendo adiante, uma sensação estranha tomou conta de mim.

Embora estivéssemos dentro do carro, sentindo um aperto no peito, sentindo-nos constrangidos pelos últimos acontecimentos, algo *maior*, os últimos raios de sol se expandiam no horizonte, algo partia hoje, neste lado do mundo, para retornar amanhã, algo mais concreto que todos os meus pensamentos e ansiedades juntos. Havia ali uma espécie de esplendor, uma espécie de regência tranquila do sol sobre a paisagem e a atmosfera, uma regência do céu sobre a Terra e não importava o que acontecesse aqui, tudo isso seguiria um curso definitivo, segundo um ciclo ou uma lei. Uma lei diante do nosso entendimento ínfimo, ou talvez não houvesse lei alguma, apenas pura entropia, o que também era uma lei. Se esse algo ou essa ordem de coisas, se houvesse uma ordem de coisas, como parecia haver, naquele momento, sobre o viaduto da Abdias de Carvalho, se dobrasse para contemplar nossos assuntos mundanos, nossa comediazinha dramática, podia ser que apenas risse, seguisse indiferente ou fosse tomado por uma compaixão infinita. Em face disso tudo, éramos apenas seres supostamente conscientes dos nossos afazeres e negócios, mas estávamos profundamente perdidos em nosso entendimento, não saberíamos dizer ou articular *o que estávamos fazendo ali*, se pudéssemos ver-nos à distância, de cima, com os olhos de Deus. Foi então que compreendi. Ora bolas, lavar os pratos! O que a vida queria de mim, naquele momento, a vida que me invadia o coração como uma certeza, não tinha nada a ver com pratos ou tarefas domésticas. Tudo isso era contornável e adiável quase até a eternidade. Soube então que deveria ter ficado, deveria ter permanecido, enquanto ainda havia tempo.

À noite, no jantar, ficamos na varanda conversando, eu, Matias, tio Alfredo e Joca, que havia voltado do escritório e trouxera comida. Estava com raiva de mim mesma e, por um instante, me pareceu que eu havia voltado também por causa de Joaquim, para estar com ele, em casa, de modo que também fiquei com raiva dele e do mundo. Antes lhe havia escrito uma mensagem: só para saberes, vovó está morrendo. Mas, como isso era impreciso, pois vovó já estava morrendo há mais de um mês, acrescentei: morrendo de verdade, definitivamente. Quando ele me ligou, porém, não atendi, porque não conseguiria falar uma palavra sem chorar. Isso serviu apenas para que ele saísse mais cedo e viesse com o jantar de consolação.

Minha consciência pesava como uma bigorna, mas o pior era uma sensação indefinida e de vazio. Não sei se essa sensação vinha de fora, do estado de suspensão que eu via nas coisas, da espera, ou se eu a cavava em mim, porque não me parecia correto simplesmente conversar enquanto vovó morria. Era essa uma sensação real ou eu a encenava, preparando os meus sentimentos antes de o luto se instalar? Queria ir ao meu quarto e permanecer lá, sozinha, mas me parecia indelicado sair da varanda após ter esvaziado o prato.

Entre outras coisas, Matias disse que vovó vinha, *há anos, há mais de dez anos,* mal e agora nos restava compreender que era quase bom ela ir embora, ao menos ela deixaria de sofrer por conta da doença. Achei que ele delirava e lhe disse isso, que não tinha nada a ver, vovó tinha há anos Alzheimer, mas não estava mal, não era como se ela estivesse catatônica há muito tempo, isso era uma visão deturpada das coisas, de quem estava de fora, acrescentei, e falei que vovó tinha tido momentos muito felizes e serenos nos últimos anos e nós mesmos tínhamos de agradecer sua presença entre nós, que nos dava muito, nos dava o prazer de tê-la conosco e muitas lições. Depois, como visse que não adiantava seguir nesse assunto, porque eu o interditaria todas as vezes em que falasse "vovó estava muito mal, há anos", ele repetiu, para tentar aliviar minha consciência e o meu sofrimento, que a gente devia ter voltado mesmo para granja, porque esse estado de indefinição poderia se prorrogar por muitos dias. Aproveitando o tema, como se falar e falar pudesse apagar todos os fatos nefastos que sucediam, os fatos comentados em tempo real pelo celular e sentidos a quilômetros de distância, tio Alfredo lembrou que quando o seu pai tinha morrido, isso não aconteceu de um dia para o outro, muitos dias se passaram naquela indefinição, tanto que ele viajara e tivera que voltar para o enterro.

Mas isso tudo apenas parecia fugir do principal, tudo isso era, na verdade, uma ninharia. Não queria me despistar e esquecer os fatos, ou a expectativa do fato, eu queria vivê-los intensamente, deixar que o meu ser se escalavrasse a cada nova notícia ou a cada novo silêncio, queria mesmo afundar de dor no meu travesseiro, queria que os fatos me tragassem tão fundo, e que ao mesmo tempo me suspendessem deste mundo de dor. Queria estar só com minha dor e nada mais. Então vi, no meu celular, que Jojô havia mandado uma mensagem. Ela escreveu que tinha ido à casa de vovó, que estava agora lá, no sofá da sala, havia entrado no quarto antes, mas a cena era horrível e ela mal havia olhado de fato para vovó, falou como se fala com um ausente, baixinho se despediu, disse que a amava em silêncio e saiu do quarto porque não aguentava mais ver aquilo tudo, a cama, o soro pendurado no tripé, o balão de oxigênio, os fios e o barulho, o barulho da respiração de vovó.

Eu li algumas palavras suas em voz alta e me recolhi. Fui ao quarto da minha mãe. Joaquim me seguiu, mas objetei que queria ficar só. Peguei o terço nas mãos e tentei rezar o rosário ou o que fosse, não sabia mais o nome, queria rezar e rezar, tendo as contas na mão. Mas não sabia o que pedir. Deveria pedir por um milagre, para que vovó ficasse melhor ou que Deus tivesse misericórdia e a levasse logo, porque ninguém aguentava mais? Jojô ainda escreveu: agora já estamos rezando para que vovó vá em paz, parta logo, é muito sofrimento. Mas não consegui rezar nada. Me parecia falso, mais uma vez. Parecia que eu estava ensaiando os atos de um ritual alienígena, tentando provocar ou simular uma catástrofe para a minha dor. Então peguei meu celular e escrevi para minha mãe: "estou indo dormir. Às cinco horas da manhã, vou chegar aí, certo?" e ela respondeu "certo, durma com Deus, reze".

Mas não dormi nada e, de hora em hora, checava o celular. Acho que cochilei um pouco e despertei com a primeira fresta de luz no quarto, logo após as quatro da manhã. Eu enviei uma mensagem para minha mãe. Eu disse, estou saindo daqui agora, ok? Vou acordar Joaquim e vamos. Escrevi apenas para me certificar, apenas por cautela. Então li estas palavras: bom dia, meu amor. Nesse momento, enquanto minha mãe digitava o resto da mensagem, chorei em voz alta, porque pressenti, soube que vovó já estava morta. Soube com o "meu amor". Compreendi, de imediato, que minha mãe queria preparar o meu coração para receber o irremediável. Mas eu já o esperava e meu soluço, naquele momento específico, não foi um soluço novo, um soluço, por assim dizer, verdadeiro, expectorado ou expulso da minha garganta como um gesto súbito e violento. Foi antes um soluço mecânico, de quem aguardava apenas o momento de soluçar. Embora já não houvesse pressa, arrumei as coisas e cheguei cedo no apartamento da minha mãe, para sofrer e estar com os demais, enquanto preparavam o corpo de vovó para o enterro.

Não importa quanto esperemos um fato, não importa quanto aguardemos o instante da morte, quando a morte, como evento, sucede, parece que tudo, absolutamente tudo, muda de feição, agora que deixamos de esperar, deixamos de ser os que esperam, de aguardar notícias, de ansiar por respostas às nossas perguntas. De repente, tudo fica calmo, não precisamos do celular, de nos pôr à disposição, exceto para coisas protocolares, diligências, uma coroa de flores, escolher a música do velório. Tudo fica mais rasteiro e nossos sentimentos, elevados pelas expectativas, agora descem abaixo do solo, sob os nossos pés. Sentimo-nos pesados. Agora, já podemos sofrer de fato, vestir o nosso luto, entrar em uma outra ordem de coisas, a do velório, do enterro, das condolências, do "eu sinto muito", abandonar os dias passados, iniciar outros, o futuro. Mas quais e de que modo?

Ainda há pouco, havia apenas uma transição, estávamos entre o que ainda não aconteceu e o que vai acontecer, e a nossa consciência ficava quase vazia. Eu me sentia inutilmente só, sentia-me terrivelmente inútil, de nenhuma ajuda, olhava as minhas mãos e não sabia o que fazer, onde as colocar. Mas ao menos havia uma certa ordem, uma expectativa de *fazer algo ainda por alguém*. Ir ao hospital, visitar vovó, fazer as perguntas do dia: está tudo bem, aconteceu *algo*? Não é lícito antecipar o nosso luto fatal, dizer abertamente: minha mãe ou minha avó morre, está morrendo. Então, em um momento, quanto isto acontece, tudo muda, o comportamento, o ritual, as falas e as mensagens. Já podemos comunicar o fato com solenidade: Maria Helena França morreu no dia 12 de fevereiro de 2021, às três horas da manhã. O velório será às nove e o enterro às duas da tarde, no Parque das Flores. Já podemos aceitar e mesmo *esperar* a compaixão dos outros, escolher a roupa que vestiremos no enterro, o padre que fará a cerimônia.

Porque as coisas sucedem nessa ordem e não em outra, é algo que só podemos intuir, mas não podemos prescindir delas jamais. Se é verdade que a alma partiu e está ao lado do Pai, segundo o entendimento cristão, por que preparamos o corpo, quase o embalsamamos, escolhemos a roupa, os brincos que ornarão as orelhas, o colar e o escapulário? Por que não aceitamos o corpo convertido em matéria, tão somente em matéria, e não o pomos em uma vala aberta e logo fechada no chão ou o incineramos? Com toda a nossa crença ou descrença, com toda a nossa fé ou a nossa falta de fé, não podemos. Temos de olhar, ainda uma última vez, o nosso morto vestido irretocavelmente, tocar-lhe a mão, passear as nossas mãos nos seus cabelos brancos, debruçar-nos sobre o caixão e chorar. Temos de ver o tampo de madeira acomodar-se sobre a base e perder de vista o morto, aceitar que fechem o caixão hermeticamente. Então, nos pomos a seu lado, ajudamos a segurá-lo com uma das mãos e iniciamos a marcha, ao lado dos demais presentes, rumo à sepultura aberta no solo. O caixão desce, sobre ele pomos as coroas de flores, uma a uma, e então começam a devolver a terra antes escavada à própria terra. Terminam ajeitando os tapetes de grama sobre o solo, limpando a lápide, para que possamos ler os nomes, a data. Mas não queremos ir, nós, os que ficamos. Parece que executamos mal o que nos restava, a nossa tarefa. É que agora, findo o ritual, estamos incompletos, somos menos. Cada vez mais, somos menos, porque somamos mais os nossos mortos e, de todo o espaço que ocupavam, agora sobra uma representação frágil em nosso espírito, uma sucessão de lembranças mal-arranjadas no tempo.

Se é verdade o que o padre falou, que devemos nos alegrar, porque o nosso morto agora está com o Pai, a Seu lado, em uma de Suas muitas moradas e não estamos ali para falar da morte, mas para celebrar a ressurreição, se isso é verdade, por que não conseguimos acreditar? Se sou cristã, por que não me convenço? Se não acredito em nada, por que continuo a escutá-lo, por que rezo o pai-nosso, por que canto "se as tristezas desta vida quiserem te sufocar/ segura na mão de Deus e vai"?

O modo como vovó me disse, *Lili*, cuidado para não cair, cinco anos atrás, enquanto me encostava à rede de balanço no terraço da casa de Tetê, na granja, quando já não se lembrava de mim e do meu nome. Foi esse um momento mágico de concessão da doença, de uma breve lucidez, ou havia escutado meu nome ao acaso e o repetiu?

Ou quando, enquanto comíamos o almoço, na sala do seu apartamento, em um dia qualquer da semana, disse "Hermes" e sorriu quase assustada, porque ele passeava sob a mesa, à cata de migalhas de comida, e roçara em suas pernas. Foi um deus que soprou o nome em seu ouvido, o nome do meu cachorro, então com 5 anos, e ela, vendo-o, reconheceu-o, recolhendo todas as outras vezes em que estiveram juntos ou em que ele lhe pediu comida? Ou apenas falou "Hermes" porque, de alguma forma, gravara momentaneamente os meus chamados por ele?

O modo tímido de falar "muito prazer em revê-la, estou muito contente", na minha presença ou de outra pessoa, em qualquer que fosse o lugar. Teria, em alguma dessas inúmeras vezes, me reconhecido, a mim, sua neta e afilhada, embora já não soubesse o meu nome? Teria visto em mim alguém que realmente *revia*, ligando minha imagem às outras do passado, ou teria sido apenas a fórmula de polidez que encontrara para lidar com todos os rostos que desfilavam ao seu redor, sem nunca saber a pessoa na presença de quem se encontrava?

O jeito emocionado, quase engasgado, com que falou "estou muito feliz de tê-los *aqui* comigo, fiquem à vontade", no almoço de Natal, na granja, com uma mão no microfone e a outra no ar, em um gesto de convite, olhando a todos nós, familiares e convidados. Ali, naquele instante, havia compreendido que estava na granja, na *sua* propriedade, e nos acolhia como uma verdadeira matriarca e anfitriã?

A forma, primeiro embaraçada e, depois, surpresa e emocionada com que falou "que bom nos reencontrarmos *depois de todos estes anos*" e repetiu "*depois de todos estes anos*", quando, após o almoço, no seu apartamento, no dia do meu aniversário de trinta anos, onde estávamos apenas nós, Tia Rosa, as cuidadoras e Hermes, tirei da parede um quadro com fotos minhas, na minha infância, e o pus na sua frente e disse "vó, esta aqui sou eu".

Jojô foi embora em um sábado. Saiu da granja pela manhã, depois de sete meses alternando entre Recife e Moreno. Eu e Joaquim ficamos sós, com as nossas vidas. Eu cozinhava todas as refeições do dia e corria no final da tarde. Dava uma volta no condomínio, abria o portão, pegava a estradinha lateral, passava pela antiga fábrica de ração, descia a ladeira, onde, à direita, havia o escritório que meu avô construíra, e, à minha esquerda, as terras que foram vendidas a terceiros e que agora estavam cheias de cavalos. Eu gostava de ver o perfil deles contra o sol do fim da tarde, mas estava em disparada e logo subia mais uma ladeira e via elevar-se um enorme cajazeiro. Ele ficava perto da cerca, na terra do meu primo, e se apartava, singular, da pequena mata ao redor. No verão e na primavera, os cajás caíam no solo, que ficava todo laranja, e, ao passar por eles, correndo, subia o perfume do fruto. Eu sempre me surpreendia com o perfume. De repente, estavam lá os cajás no chão, aquele laranja e o ar impregnado de um cheiro doce e acre ao mesmo tempo, um cheiro fresco. Isto me dava um fôlego renovado e eu corria mais rápido. Alcançava o fim da estrada e refazia, em retornada, o mesmo percurso. Eu chegava quando já era noite no condomínio e via as estrelas brilharem no céu negro. Via as estrelas e me entristecia. Aqueles espaços infinitos, aquela distância toda. Depois, eu e Joaquim jantávamos.

Pela manhã, eu dava um breve passeio com Hermes e, no resto do dia, sentava-me ao computador, lia e andava até o jardim. Mudavam os livros, um Dostoiévski, mais outro, um Bernhard e mais outro. Nesses dias e meses, a vida parecia ter se interrompido, a minha vida, embora eu sentisse que envelhecia. Quando estava muito entediada, eu dava uma volta no campo, via o açude, ia até o estábulo. Dei muitas voltas em um mesmo dia. Andava com várias questões na cabeça, mas todas elas apenas me davam a sensação de um ser espectral, sem substância. Eu não influía em nada e sentia meu corpo, a cada vez, mais delgado, exíguo, parecia que ia sumir com o vento. Muitas questões martelavam em mim, mas não me davam o sentimento de estar viva. O campo se estendia por todos os lados, mas não me sentia sequer dentro no mundo, ocupando um espaço nele.

Depois de um tempo, não sabia mais se, ao viver assim, como tinha querido anos atrás, eu estava desperdiçando minha vida, estava desperdiçando-a dia a dia, em um estado de sonambulismo, como se eu apenas pudesse esperar que as coisas e os fatos chegassem até mim, porque não tinha nenhuma força para os fazer acontecer, ou se eu estava tendo apenas o meu luto. Na realidade, eu não pensava em luto algum, eu me desautorizava qualquer luto, porque, afinal, todo mundo tinha as suas dores, dores piores e terríveis, todo mundo estava perdendo alguém o tempo todo, estávamos em um luto coletivo, o país estava à beira do colapso e muita gente passava fome, não tinha mais emprego, não tinha nada, eu, ao contrário, a meu favor, tinha muitas coisas, eu tinha a granja e não tinha nenhum problema, nada com que me preocupar, não precisava fazer nenhum esforço árduo para sobreviver.

Apesar disso, ainda desejava alguma compaixão, vinda não sei de onde, sobre mim. Eu me exasperava, porque, no fundo, desejava uma espécie de licença, talvez a minha própria, para não fazer absolutamente nada, porque havia, além da dor, uma grande dor, a dor profunda de *existir*. Eu estava aqui, neste mundo, e sofria em decorrência também disso, de que viver, neste mundo, era também uma grande *pena*, a pena consistia nisto, na passagem do tempo, no puro passar do tempo desta vida, uma pena quase abstrata, mas terrivelmente *real*. Mas essa compaixão, essa licença ninguém me daria e eu mesma não me dei.

No campo, ou seja, fora do mundo, onde eu me encontrava, tudo era sem importância, o tempo era irrelevante, as notícias eram irrelevantes, a História era um livro a um canto, fechado, cheio de poeira. Nada de fora podia realmente me tocar. Eu estava rodeada de árvores, mato e vento. Isso era tudo o que eu via e tudo que me rodeava. Mas esses seres não estavam lá, não podiam ser apenas contemplados em silêncio, como um rio que passasse devagar. Meus olhos, vendo-os exaustivamente, interrogavam-nos e eles cresciam, como monstros feitos de ar, ganhavam um peso extremo, acachapante. Tudo era um e o seu duplo, que eu criava. Todas as coisas exteriores se engrandeciam e não me davam trégua, era como se eu estivesse sentindo o movimento da esfera terrestre e temesse cair, temesse não me sustentar no chão. Às vezes, me dizia, se ao menos eu pudesse esquecer, esquecer tudo, as minhas preocupações ridículas, as coisas, o fantasma das coisas e o meu próprio fantasma, a minha sombra e a minha consciência, se ao menos pudesse não pensar muito sobre isto e aquilo e não me julgar, se ao menos eu estivesse a um canto, como eu gostava de estar, comigo mesma e Hermes, à sombra da cheflera, no jardim de casa, como, de fato, estava ali e nada mais, talvez eu tivesse algo parecido com a paz.

Logo no início, quando vovó não estava mais entre nós, no fim do verão, que é notado, no campo, pela grama seca, marrom e crepitante, o nível baixo dos açudes e o calor exacerbado, eu despertava sentindo-me muito cansada, com um peso nas têmporas, como se uma sombra espessa estivesse sobre mim. Me levantava da cama, abria as portas da casa e ia à cozinha fazer as panquecas do café da manhã. Ao longo da manhã, uma raiva crescia, uma raiva terrível contra os outros, eu não tinha paciência para as conversas no celular, para atender as ligações da minha mãe, uma raiva, em realidade, contra mim mesma, que eu não conseguia sustentar e jogava para os outros, uma raiva pelo fato de eu não sentir a tristeza que esperava sentir. Não me sentia extremamente triste como julgava que devesse me sentir. A manhã inteira esperava sentir o que eu não sentia e isso me exasperava. Então, depois do almoço, ela vinha ter comigo, instalava-se no meu quarto, na sala, em todos os lugares. Mas não tinha vindo de modo verdadeiro, ela, a tristeza, tinha vindo porque eu a chamara, não nascera dentro de mim espontaneamente. A tristeza era uma tristeza produzida, encenada e, portanto, falsa. O meu luto era apenas um papel que eu desempenhava.

No entanto, quando ela vinha, fosse ou não fosse pelo meu chamado, instilava-me um pensamento obsessivo, um pensamento que me lembrava do bolero de Ravel, crescendo colossalmente, como uma serpente que subisse pelo próprio rabo. Eu pensava, como posso trazer alguém para este mundo se terá de passar por *isto*, se terá de confrontar-se com *isto*, com a perda, com perdas que se acumularão cada vez mais, em uma curva ascensional, perdas e mais perdas, como eu poderia condenar alguém a ter de passar por isto? Esse pensamento me deixava terrivelmente só, como se já não houvesse ninguém no mundo que fizesse valer a pena estar dentro dele.

No fim do ano passado, passamos os dias entre o Natal e o Ano Novo na granja, como sempre. Estávamos felizes porque vovó também pôde ir, estava bem para ir e ficar conosco.

Mas ela não estava bem de verdade. Já haviam começado todos aqueles problemas e houve vários episódios em que vomitou, ficou na cama, não quis se levantar, tomar banho. Era um trabalho exaustivo para as cuidadoras e as filhas. Era preciso muita força para sustentar o corpo de vovó, ajudá-la a se locomover, mesmo na cadeira de rodas, porque era preciso levantá-la e, depois, sentá-la. Eu apenas ajudava, não tinha uma parte justa em todo esse trabalho.

Fosse como fosse, havia horas em que vovó estava lá em sua casa, na varanda, quase tranquila, na cadeira de balanço, coberta dos pés até o pescoço, embora fizesse um calor danado. Essas horas eram raras, mas existiam. Vovó se queixava, havia anos, de muito cansaço, um cansaço que, às vezes, deixava-a o dia inteiro na cama e ninguém podia precisar de onde ele vinha, qual era a sua causa física. Mas nós entendíamos. Era o cansaço de existir. E foi a ele, a esse cansaço, que recorremos, mais tarde, como consolo para a sua morte. Tínhamos que aceitá-la porque, no fundo, vovó já não queria estar mais neste mundo, seu corpo, sua confusão e seu cansaço eram os sintomas disso, eram a preparação para que aceitássemos melhor o que viria, o fim.

Mas, nesses momentos, à varanda ou mesmo dentro de casa, podíamos ir ter com ela, dizer-lhe algumas palavras, embora a conversa já não fosse coerente. Vovó não conseguia formular mais frases completas, palavras aleatórias se misturavam narrando um fato e já não sabíamos do que estávamos tratando. Mas alguns nomes ainda conseguiam reacender um sentido, um brilho de sentido e de compreensão, e eu os repetia, falava "Rio de Janeiro", "Botafogo", "Méier", "Catete", "Vovô Antônio". Eu sentia, porém, que esse desejo de comunicação era somente meu. Vovó não se importava de estar no seu canto, sem dizer nada, olhando, às vezes, um livro, uma revista ou a tevê, ou apenas dormindo acordada, habitando um lugar dentro de si, apenas um fluxo de sensações, de sentimentos perdidos e embaralhados. Onde estava realmente, não estando entre nós? Vovó se recolhia, desaparecia aos poucos.

Mas é verdade que não estava assim todo o tempo. Gostava de ler revistas e livros, ler as mesmas frases, ver as imagens. Por isso, comprei-lhe, de presente de Natal, *A alma perdida*, de Olga Tokarczuk, porque sabia que vinha ilustrado com muitos desenhos e o texto era singelo, uma fábula infantil. Entreguei-lhe o livro e passamos juntas as páginas. Vovó gostou de ver os desenhos das pessoas vestidas com roupas de inverno, falamos das árvores sem folhas, das pessoas patinando no gelo e do alce e do pequeno coelho sobre a mesa, quando João, o personagem da fábula, recolhe-se a uma casa fora da cidade, para aguardar sua alma retornar. Acho que também falei sobre a sua barba e os cabelos compridos, longos de tanta espera.

Mas tudo isso não durava muitos minutos, logo eu não sabia o que lhe dizer e isso me exasperava. Hoje, refletindo a respeito, parece-me ridículo o fato de ter me exasperado com o silêncio, com o fato de não saber o que lhe dizer, de não termos o que mais conversar, a ansiedade que isso despertava. Na ocasião, porém, o silêncio significava, para mim, o apagamento de um mundo nosso, compartilhado, a distância que havia entre nós, também simbolizava que envelhecer era algo muito doído e solitário, terrivelmente solitário, que os fatos e as coisas do mundo iam perdendo o seu brilho ou era o contrário e tudo isso doía-me, em mim, não apenas por compaixão, mas também porque eu mesma passaria por isso e todas as demais pessoas que envelhecessem. Às vezes, ficava apenas a seu lado, levava meu livro e ficava lá, lendo sem falar nada. Depois de um tempo, me levantava e voltava para casa, para continuar a leitura no meu sofá. Às vezes, nem me despedia, não queria desviar-lhe a atenção de uma revista ou livro ou falar-lhe "adeus" quando não estava mais consciente da minha presença.

Agora esse meu comportamento me parece fútil e banal. Eu deveria ter permanecido todo o tempo com ela, na varanda da sua casa ou em sua sala, mesmo com todo o tédio ou cansaço de escutar a televisão nas alturas. Deveria ter aproveitado mais o tempo que nos destinou com sua presença, deveria ter feito mais, sempre mais, e a culpa que hoje sinto eu já a pressentia antes e, no entanto, agi como agi, isto é, sabendo que me arrependeria depois. Fui pelo caminho mais fácil. Entre duas alternativas, eu escolhi a que me deu culpa, porque viver com ela, com essa culpa, para mim, era muito mais fácil talvez do que ir contra o meu tédio, contra os meus caprichos, os meus gostos. Muitas vezes, é mais fácil se odiar, se culpar, do que agir, agir em conformidade com nossos mais profundos valores e sentimentos.

A fábula escrita por Tokarczuk conta a história de um homem chamado João que, por andar muito rápido, como muitos homens, perdeu sua alma. As almas são muito antigas, desde o tempo da Grande Explosão, e se movimentam em uma velocidade muito menor que a do corpo. Mas a perda não impedia João de viajar e mesmo de jogar tênis. Um dia, em um quarto de hotel, acordou sem conseguir respirar bem e não lembrava mais onde estava nem o seu nome. Ele resolveu consultar uma médica velha e sábia que lhe deu o diagnóstico de que havia perdido sua alma e precisava recuperá-la, não havia outro remédio. Então, ele se muda para uma casinha fora da cidade e passa a esperar pacientemente por ela. Muitos anos se passam, mas finalmente a alma o encontra lá, naquela casa fora da cidade. Ele joga fora seus relógios e eles vivem felizes para sempre.

Agora, enquanto relembrava essa história, senti que também eu havia perdido, em algum momento, a minha própria alma. Devia ser por isso que me sentia tão exígua e leve, como se pudesse ser varrida, no meio do campo, pelos ventos. Sem a alma, por certo, os corpos pesavam menos. Mas algo não correspondia entre a minha própria história e a do homem chamado João. Eu então morava em uma casinha fora da cidade e os meus dias eram dias de uma paciência infinita, de uma espera pelo indefinível. Eu não andava rápido demais, tinha uma vida parada, quase besta.

Refletindo com maior vagar, embora o meu corpo estivesse vivendo lentamente, o meu espírito, este, sim, espiralava nas maiores alturas, porque eu vivia tentando compreender o tempo todo. O meu espírito ou, em uma palavra, minha tentativa de entendimento sobre as coisas, fatos e sobre mim mesma se movimentava incessantemente, e minha alma ficava a um canto, os meus mais profundos sentimentos ficavam a um canto, esmagados. Eu permanecia perdida entre dois abismos, o do meu entendimento e o da minha alma, e minha vontade de agir sucumbia tão logo nascesse qualquer propósito, que era espicaçado ou pelo meu entendimento feroz ou pelo meu cinismo, pela modo de vida cujo osso eu chupava até doer-me a cabeça e os dentes. Sim, porque, no fundo, eu queria uma absolvição para o meu modo de vida e essa absolvição eu não me daria jamais. Talvez o que me restasse fazer fosse apenas descer de toda tentativa de compreensão do incompreensível, pois isso não me daria nada, nem aos outros. Na realidade, estar ali, no campo, com meus livros e meus pensamentos e nada mais, consistia no meu profundo egoísmo, um egoísmo que maltratava a minha alma e me deixava terrivelmente triste. O divórcio entre as diversas partes de mim, foi isso o que compreendi depois, enquanto comparava a minha situação com a da fábula de Tokarczuk.

A consequência prática do meu estado de quase imobilidade era que eu vivia em mim, para mim e por mim, e essa consequência me afundava na velha questão, a de que eu, podendo muito, não fazia nada fora dos meus contornos. Ao fim e ao cabo, eu tinha apenas as minhas questões, as minhas questõezinhas, cuidava apenas delas, como quem cuida de um jardim feraz, um jardim de substância nenhuma, prestes a retornar ao nada sob o ataque das saúvas da vida prática. No entanto, com uma certa condescendência, podia afirmar, como repetia meu Bernhard querido, citando seu Montaigne querido, o que podemos conhecer verdadeiramente, neste mundo, somos nós, esse era o único conhecimento verdadeiro que eu poderia ter e mesmo deveria ter. Apesar de todos os meus sentimentos, de todos os meus grandes sentimentos, não conseguia fazer nenhuma renúncia. Ao menos, foi isso o que me pareceu à época, era como eu refletia, perdida entre dois abismos, o do meu entendimento e o da minha alma.

"Toda esta extensão, esta extensão verde, olha", vovó repetia, incontáveis vezes, sentada à varanda da casa de Tetê, olhando, no horizonte, bem depois do açude, o canavial que se espargia como um mar amplo, um oceano – era a liberdade do espaço o que a encantava e ela estendia o braço como para mostrar os sítios vastos onde o vento passeava.

"Para mim? Mas não precisava". Assim começava a história sobre o presente que havia ganhado de vovô. Ele lhe dissera, na ocasião, "mas você tem de vir comigo", então os dois entraram no carro e chegaram à granja, à Granja Santa Helena, em sua homenagem.

"Meu Deus" e o rosto de surpresa e espanto com que imitava as expressões da sua mãe quando era informada de uma nova gravidez sua, que fora filha única, mas teve seis filhos, algo que a deixava, a ela mesma, assombrada.

"Uns puxadinhos" era o que Antônio queria fazer na casa principal, estendendo-a, com inúmeros quartos, para abrigar não só os filhos, mas os netos, como em uma grande arca onde todos vivessem inseparáveis. Mas vovó, que havia sido filha única, não gostava de confusão e disse "cada filho construa a própria casa".

O rosto do seu pai, no esquife, e a ausência de espanto ou medo que dizia ter sentido no funeral, o rosto de seu pai era algo de que se lembrava e das voltas que dava com ele, no carro, após o trabalho, ao redor da praça perto de onde moravam, em Campos, no Rio de Janeiro, quando tinha 4 ou 6 ou 10 anos. A cada narração, tinha uma idade diversa, mas a história era a mesma, não mudava, o carro ao redor da praça, ela, alegre, no colo do seu pai.

"Eu fui muito feliz", vovó me disse e tornou a dizer, ao longo dos anos, na granja, no seu apartamento e, uma vez, no dia do seu aniversário de oitenta e muitos anos, passado em um quarto do Hospital Português, onde a escutei contar as mesmas histórias de sempre, sobre a sua mãe, Vovô Antônio e a granja. Quando dizia "fui muito feliz", referia-se logo ao meu avô, que, no tempo do casamento, vivia viajando, mas nunca lhe dera motivo para suspeitar de nada na vida – meu avô, morto de enfarto havia mais de trinta anos, e associado à sua felicidade e à toda a sua existência, embora morto havia mais de trinta anos. Ela dizia "fui muito feliz", conjugando o verbo ser no passado, o que me impressionava muito, me assombrava, em realidade, porque ela o dizia serenamente, como se narrasse um fato cotidiano, corriqueiro, sem qualquer espécie de terror diante do fim, como se nem mesmo o vislumbrasse, mas claramente o vislumbrava ou o intuía, pois falava no passado, falava "fui", ao invés de dizer "sou", e era isso que capturava minha atenção.

Ao dizer "fui", não havia, na sua voz, qualquer trepidação, ela o afirmava com muita certeza e serenidade, não havia mesmo nenhuma forte emoção sob a constatação de um fato extraordinário, do fim que se aproximava, não havia porque falava de sua existência tranquilamente, como tivesse encerrado um ciclo esperado, um tempo bom, de bonança e fertilidade, como tivesse ganhado da vida muito e perdido pouco ou quase nada, e pudesse agora entrar, descalçando calmamente as sandálias, na casa de Deus, no reino de paz onde se reuniria outra vez com os seus, com o meu avô. Era sim como eu interpretava a sua serenidade e como hoje eu a interpreto. Quando falava "fui", ao invés de "sou", sem pesar, era como se nos dissesse que completara o seu tempo nesta Terra, que havia realizado a sua missão, era o que eu intuía do "fui" e do "muito feliz" e da sua expressão tranquila e boa, como não esperasse nada mais, tendo sido tudo tão bom.

Não sei o que vovó realmente viveu no seu fim, em que pensou, onde esteve e o que sentiu quando, no quarto do hospital, não dizia mais nada, com os olhos fechados. Sei que sofreu, chorou e teve muitas dores físicas. Não sei se essas dores se espraiaram na sua alma, se se sentiu perdida, se seu entendimento tinha acabado e vivia algo parecido com um sonho ou um pesadelo, se vivia rolando as mesmas pedras, na cachoeira do *seu* tempo, ou se a doença lhe tirou mesmo as histórias, os pedaços da sua história, deixando-lhe no vazio, diante de um nada terrível. Não sei se poderia ter dito, se ainda tivesse podido pensar, compreender e falar, que fora muito feliz, não sei até que ponto os dias do presente se impõem sobre a mobília do passado e a destroem, não sei se havia algum resquício de memória ou ela vivia, no seu interior, entre paredes brancas, as mesmas paredes do quarto do hospital. Alegra-me, porém, ter lhe perguntado, na última quinta-feira em que a vi entre nós, se estava bem, se estava tudo bem lá, no lugar onde ela se encontrava, no seu interior. Alegra-me que ela tenha me respondido resolutamente, com uma voz clara, "tá" e que, depois de o dizer, tenha permanecido tal como estava antes, recolhida dentro de si, porque, então, posso imaginar que realmente estivesse em lugar bom, um lugar construído com as suas memórias, ou fragmentos de memórias, ou, mesmo, estilhaços de memória, mas construído com o que pôde salvar de um mundo para sempre perdido ou que se perderá inelutavelmente, mas ainda vivo, vivo dentro de si, flutuando em algum fio do tempo, em algum dos fios do tempo que agora eu tento sentir. Agora eu tento compreender.

Eu estava deitada no sofá, no apartamento dos meus pais, em uma tarde, em meados de julho. Tinha resolvido vir à cidade para pegar umas roupas e terminei ficando para dormir. Estava virada com a cabeça contra a luz que vinha da varanda, para que meu livro, um Roth que estava lendo, ficasse melhor iluminado. Mas a verdade é que eu estava desconcentrada e passeava meus olhos pelo apartamento. Era confortável estar só na sala dos meus pais. É uma sala ampla que dá para o Capibaribe. Eu gostava de, de tempos em tempos, observar o rio e o reflexo de sombras que corria nele, gostava de pensar olhando para o rio, talvez porque o fluxo me inspirasse. Se tinha sorte, passava um barquinho de pescadores ou um catamarã com turistas e eu fantasiava que todos eles tinham uma tarde idílica, merecidamente idílica.

Estava deitada no sofá e passeava meus olhos pela sala e refletia justamente sobre isto, sobre como era bom estar ali, depois de vários meses na granja. Era bom mudar um pouco. Lembrei-me então de Bernhard, que eu tanto amava. Em *O Sobrinho de Wittgenstein*, ele escreveu que odiava o campo, odiava permanecer em um determinado lugar, para ele viver era estar em trânsito, viajando, assim ele se sentia verdadeiramente vivo. Ele deve ter escrito algo desse tipo. A observação me marcou porque, na mesma hora em que a li, ponderei como poderíamos ser tão diferentes. Eu, na realidade, tinha muito medo de viajar, principalmente de avião, ansiava por chegar logo ao destino, me enraizar, sentir-me em casa. Para mim, a vida não poderia ser jamais em trânsito, eu detestava chegadas e partidas, odiava arrumar as malas e me preparar para a viagem, sofria muito ao ver os outros partindo. No entanto, lá estava eu, após um breve trânsito, na sala dos meus pais, ponderando se já não permanecera tempo demais repetindo meus dias dentro de casa, na granja.

Eu pensava e divagava, ainda lembro, quando pousei meus olhos nas flores do jarro sobre a mesinha lateral. Três antúrios despontavam, rijos e vermelhos, ofertando-se ao meu olhar. Eles eram tão singelos, não pediam nada, apenas irradiavam vigor e força. Pareciam jovens espadachins, com capuzes vermelhos, mostrando-se em todo o seu esplendor. Foi a cor de sangue, de vida, que me capturou, aquele vermelho que nada podia apagar, nenhum pensamento, nenhuma dor, uma espécie de imponência de vida. Três antúrios joviais e, ao mesmo tempo, maduros, como jambos frescos, recém caídos do pé e colhidos na palma da mão, uma forma que concentrava algo extremamente terreno e um pouco divino, porque parecia criada para despertar nos sentidos uma medida de prazer quase desinteressado. Havia um encontro de coisas quase antagônicas, uma forma que, nascendo desta Terra, entre muitas coisas informes, indiferentes ou desprovidas de beleza, parecia ter-nos sido enviada, destinada, a forma do antúrio ou flor do flamingo. Em contraste com eles, eu estava tão mirrada, mesmo descuidada, que senti vergonha, embora não houvesse ninguém por perto. Os antúrios me relembraram certa ordem da beleza, certo modo de se mostrar, de se abrir ao contato com o mundo, de se lançar. Não é que eles esperassem a contemplação de ninguém, eles simplesmente estavam ali, eram aquilo tudo, aquele jorro temporário de vida, de fulgor. Então pude dizer, de mim para mim, que "coisa notável", esses antúrios, que imponência de vida, e todos eles irão murchar, perder as cores, desbotar e cair secos, mas, ainda sim, naquele momento, estavam ali, nós estávamos ali, aqueles antúrios e eu, no mesmo espaço, e isso mesmo era um fato notável.

Havia tantos meses que eu só olhava as coisas a partir da minha sombra, da sombra que caía sobre mim, que as coisas, as árvores e mesmo o vento apenas tinham a cor do meu desassossego. Tudo parecia excessivamente triste, parecia mesmo que a tristeza pertencia às coisas e o irremediável havia chegado, aquele momento em que tudo desce a ladeira e sucumbe em um poço fundo de mais tristeza. Mas, com a visão daquelas flores encarnadas, senti, naquele instante, que algo ficava para trás, não imediatamente, mas algo *começava* a ficar para trás. Era como se um véu se dissipasse, uma neblina cinza e triste. Um leve desejo foi-se espraiando em mim, ocupando os espaços do meu corpo. O desejo de estar entre os demais, meus pares, de agir, de iniciar algo novo, embora eu ainda não soubesse o quê. Era só um estalo o que eu sentia, mas podia mesmo dizer que minha alma, ainda que temporariamente, havia voltado para mim e habitava aquele instante comigo, o instante da unidade.

Tentei fazer com que esse instante durasse, não em si mesmo, porque tão logo o percebi e senti, havia passado, desaparecido, mas os seus efeitos, o desejo e a vontade, eu queria que durassem. Eu tinha que lutar por eles, tinha que me *esforçar*. Não se tratava de uma vitória definitiva, de uma vitória da beleza dos antúrios contra os abismos que me dividiam. Não foi isso. Mas senti e compreendi, naquele momento, que não teria toda a sorte de coisas que ansiava para viver como queria, isso era terrivelmente infantil, eu tinha de me virar na instabilidade permanente do mundo, entre o fogo e o amor, entre as minhas perdas e o resto da minha vida, o *resto* que era ainda vasto, imenso. Senti, naquele momento, contemplando as flores, que um tempo se encerrava e algo se iniciava, que o mundo não era apenas um lugar nefasto, de perdas nefastas, que eu poderia paralisar vivendo apenas comigo e para mim, ele era o lugar por excelência onde eu poderia realizar algo de mim, do meu íntimo, saindo dos becos do meu espírito, e mesmo a vida abstratamente considerada, mesmo ela, ainda me daria muito, eu não havia alcançado o fim da minha história, ela continuava. Tive vontade de voltar a jogar tênis, de ir ao clube, de fazer mais no trabalho, de viajar a São Paulo e ao Rio, ver Jojô, Madá e outros amigos. Tive vontade, principalmente, de mudar de vida. E isso, quem sabe, eu iniciaria nos próximos meses ou não iniciaria, mas a possibilidade mesma me enchia de alegria.

CARA LEITORA, CARO LEITOR

A **Cachalote** é um selo do grupo editorial **Aboio** criado em parceria com a **Lavoura Editorial**.

Lemos, selecionamos e editamos com muito cuidado e carinho cada um dos livros do nosso catálogo, buscando respeitar e favorecer o trabalho dos autores, de um lado, e entregar a vocês, leitores, uma experiência literária instigante.

Nada disso, portanto, faria sentido sem a confiança que os leitores depositam no nosso trabalho. E é por isso que convidamos vocês a fazerem cada vez mais parte do nosso oceano!

Todas as apoiadoras e apoiadores das pré-vendas da **Cachalote**:

— têm o nome impresso nos agradecimentos dos livros;

— recebem 10% de desconto para a próxima compra de qualquer título do grupo Aboio.

Conheçam nossos livros e autores pelos portais **cachalote.net** e **aboio.com.br** e sigam nossos perfis nas redes sociais. Teremos prazer em dividir com vocês todos nossos projetos e novidades e, é claro, ouvir suas impressões para sempre aprendermos como melhorar!

Embarque e nade com a gente.

Cada livro é um mergulho que precisa emergir.

Apoiadoras e apoiadores

Agradecemos às **178 pessoas** que apoiaram nossa pré-venda e confiaram no trabalho feito pela equipe da **Cachalote**. Sem vocês, este livro não seria o mesmo.

A todos os que escolheram mergulhar com a gente em busca de diferentes vozes da literatura brasileira contemporânea, nosso abraço.

E um convite: continuem acompanhando a **Cachalote** e conheçam nosso catálogo!

Adriane Figueira Batista
Alessandro Curra
Alexander Hochiminh
Allan Gomes de Lorena
Ana Carolina Cardoso
Ana Regina Tavares Cavalcanti
André Balbo
André Costa Lucena
André Pimenta Mota
Andrea Araruna Couceiro
Andreas Chamorro
Andressa Anderson
Ângela Barbosa Carneiro Leão
Anna Cavalcanti
Anna Gibson
Anthony Almeida
Antonio Inocencio
Antonio Pokrywiecki
Arthur Carvalho
Arthur Lungov
Aurenise Sá Cavalcanti
Bernardo Brayner
Bianca Monteiro Garcia
Caco Ishak
Caio Balaio
Caio Cezar Marinho de Souza
Caio Girão
Calebe Guerra
Camilo Gomide
Carina Santos de Alencar
Carla Guerson
Cecília Garcia
Cintia Brasileiro
Claudine Delgado
Cleber da Silva Luz

Cristina Machado
Daniel Arelli
Daniel Dago
Daniel Giotti
Daniel Guinezi
Daniel Leite
Daniela Rosolen
Danilo Brandao
Davi Cozzi
Denis Rafael Ramos
Denise Lucena Cavalcante
Dheyne de Souza
Diogo Mizael Motta Teodoro
Eduardo Henrique Valmobida
Eduardo Rosal
Enzo Vignone
Eric Pestre
Fábio Franco
Fábio José da Silva Franco
Febraro de Oliveira
Fernanda Araruna
Flávia Braz
Flávio Ilha
Flory Ferreira
Francesca Cricelli
Frederico da Cruz Vieira de Souza
Gabo dos livros
Gabriel Cruz Lima
Gabriela Machado Scafuri
Gael Rodrigues
Giselle Bohn
Giulia Giagio
Guilherme Belopede
Guilherme da Silva Braga
Guilherme Sá Cavalcanti
Gustavo Bechtold
Helena Faria
Hélio Carlos Meira de Sá
Henrique Emanuel
Henrique Lederman Barreto
Jadson Rocha
Jailton Moreira
Jessica Wilches Ziegler de Andrade
Jheferson Rodrigues Neves
João Luís Nogueira
Joaquim Peres
Joca Reiners Terron
Jorge Neves
Jose Alberto Martins Novais Barbosa
Julia De Lamare
Júlia Gamarano
Julia Leite
Júlia Vita
Julia Zemella
Juliana Costa Cunha
Juliana Limeira

Juliana Slatiner
Katarina Vasconcelos
Laura Bastos de Lima
Laura Redfern Navarro
Leitor Albino
Leonardo Pinto Silva
Leonardo Zeine
Lolita Beretta
Lorenzo Cavalcante
Lucas Ferreira
Lucas Lazzaretti
Lucas Teixeira
Lucas Verzola
Lucia Helena Araruna
Luciano Cavalcante Filho
Luciano Dutra
Luciene Rosal de Melo Cavalcanti
Luis Felipe Abreu
Luísa Machado
Luiz Antônio Gusmão
Manoela Machado Scafuri
Manuela Abath Valenca
Marcela Araruna
Marcela Roldão
Marco Bardelli
Marcos Vinícius Almeida
Marcos Vitor Prado de Góes
Maria Angela Monteiro Chiappetta
Maria Eduarda Sá Cavalcanti
Maria Fernanda Vasconcelos de Almeida
Maria Inez Frota Porto Queiroz
Maria Luíza Assunção Chacon
Maria Primo
Maria Tereza Maranhao
Mariana Carvalho Salzano Lago
Mariana Donner
Mariana Figueiredo Pereira
Mariana Pinho
Marília Melo de Figueiredo
Marina A. C. Almeida
Marina Lourenço
Mateus Magalhães
Mateus Torres Penedo Naves
Matheus Picanço Nunes
Matia Cristina Times Ribeiro
Mauro Paz
Milena Martins Moura
Minska
Monica Tenorio de mello
Natalia Timerman
Natália Zuccala
Natan Schäfer

Otto Leopoldo Winck
Paula Amaral Amorim
de Aquino
Paula Maria
Paulo Ricardo Travassos
Sarinho Correia
de Menezes
Paulo Scott
Pedro Bacelar
Pedro Paulo de Sá
Cavalcanti
Pedro Torreão
Pietro Augusto
Gubel Portugal
Rafael Mussolini Silvestre
Raimundo Fernandes
de Souza
Raíssa Campelo
Raphaela Miamoto
Rennan Martens
Ricardo Lima
Roberta Xavier
Rodolfo Francisco Moraes
de Sá Cavalcanti
Rodrigo Barreto de
Menezes
Rodrigo Colares
Rossana Sette
Samara Belchior da Silva
Sergio Mello
Sérgio Porto
Solange Cunha
Tatiana Mariz
Tereza Araruna
Thaís Borba
Thais Fernanda de Lorena
Thassio Gonçalves Ferreira
Tiago Moralles
Valdir Marte
Vitor Correia Katz
Vivian Marcondes
Weslley Silva Ferreira
Yvonne Miller

EDIÇÃO André Balbo
REVISÃO Marcela Roldão
CAPA E PROJETO GRÁFICO Leopoldo Cavalcante
ILUSTRAÇÃO Julia Jabur

Grafia atualizada segundo o Acordo Ortográfico da Língua Portuguesa de 1990, que entrou em vigor no Brasil em 2009.

Os personagens e as situações desta obra são reais apenas no universo da ficção: não se referem a pessoas e fatos concretos, e não emitem opinião sobre eles.

Dados Internacionais de Catalogação na Publicação (CIP)
Aline Graziele Benitez — Bibliotecária — CRB — 1/3129

Araruna, Laís de Aquino
Nós que nos amávamos tanto / Laís Araruna de Aquino
-- 1. ed. -- São Paulo: Cachalote, 2024.

ISBN 978-65-982871-0-8

1. Romance brasileiro I. Título

23-184429 CDD–B869.3

Índices para catálogo sistemático:
1. Romances : Literatura brasileira

[2024]

ABOIO EDITORA LTDA
São Paulo — SP
(11) 91580-3133
www.aboio.com.br
instagram.com/aboioeditora/
facebook.com/aboioeditora/

[Primeira edição, abril de 2024]

Esta obra foi composta em Adobe Caslon Pro.
O miolo está no papel Pólen® Natural 80g/m².
A tiragem desta edição foi de 300 exemplares.
Impressão pelas Gráficas Loyola (SP/SP)